光文社文庫

文庫書下ろし／長編時代小説

偽《にせ》の仇《あだ》討《うち》

闇御庭番㈥

早見　俊

KOBUNSHA

光　文　社

この作品は光文社文庫のために書下ろされました。

目次

公儀御庭番《こうぎおにわばん》は、八代将軍徳川吉宗《とくがわよしむね》が創設した将軍直属の情報機関。表向きは城中の清掃、警固などを役目としたが、実態は諸大名の動向や市中探索などの諜報《ちょうほう》活動をおこなう。

菅沼外記《すがぬまげき》は、御庭番の中でも一切表に出ない破壊活動「忍び御用」を役目とする一人であった。

十二代将軍家慶《いえよし》は、十一代家斉《いえなり》と側室お楽の方との間に、家斉の次男として生まれた。

寺社奉行、大坂城代《じょうだい》、京都所司代《しょしだい》、西ノ丸老中《にしのまるろうじゅう》を歴任して老中首座《しゅざ》に登り詰めた水野《みずの》忠邦《ただくに》（越前守《えちぜんのかみ》、浜松藩主）を中心に、家斉の死後、「天保《てんぽう》の改革」を断行する。

水野の懐刀《ふところがたな》として、改革に反する者を取り締まったのは鳥居耀蔵《とりいようぞう》（甲斐守《かいのかみ》）。儒者林述斎《はやしじゅっさい》の三男として生まれ、旗本鳥居一学《いちがく》の養子となった。目付《めつけ》をへて南町奉行に就任。厳しい取り締まりのため、「妖怪《ようかい》（耀甲斐）」と恐れられた。

北
東
南
西
鐘ヶ淵
大橋
隅田村
三河島
田端
日暮里
千住道
小塚原
駒込
谷中
日本堤
隅田川
金杉上町
新吉原
今戸町
山谷堀
千駄木
白山
下谷
東叡山
寛永寺
鷲神社
聖天町
今戸橋
奥山
浅草花川戸町
根津権現
御薬園
小石川
本郷
中堂
東本願寺
浅草寺
幡随院
広徳寺
阿部川町
吾妻橋
伝通院
不忍池
新堀川
田原町
竹町ノ渡し
三間町
菊坂町
池之端仲町
下谷広小路
御徒町
並木町
駒形堂
湯島天神
春日町
蔵前
水戸
徳川家
牛込
森田町
御米蔵
神田明神
神田川
外神田
神楽坂
牛込御門
小石川御門
水道橋
筋違御門
練塀小路
浅草橋
天王町
柳橋
百本杭
御竹蔵
本所
昌平橋
多町
和泉橋
柳原土手
両国広小路
藤代町
番町
市谷
田安御門
俎板橋
雉子橋御門
一ッ橋御門
神田橋御門
内神田
今川橋
馬喰町
両国橋
回向院
相生町
薬研堀
竪川
市谷御門
清水御門
三河町
小伝馬町
一ッ目之橋
二ッ目之橋
大伝馬町
日本橋
本銀町
新大橋
常盤橋御門
北町奉行所
小名木川
万年橋
室町
麹町
江戸城
江戸橋
霊巌寺
深川
半蔵御門
呉服橋御門
日本橋
南茅場町
仙台堀
西之御丸
永代橋
南町奉行所
鍛冶橋御門
組屋敷
八丁堀
京橋
富岡八幡宮
小松町
霊岸島
桜田御門
永代寺
永田町
赤坂御門
石川島
越中島調練場
数寄屋橋御門
西本願寺
山王日枝神社
新橋
築地
佃島
溜池
幸橋御門
汐留橋

江戸幕府と町奉行所の組織（江戸後期）

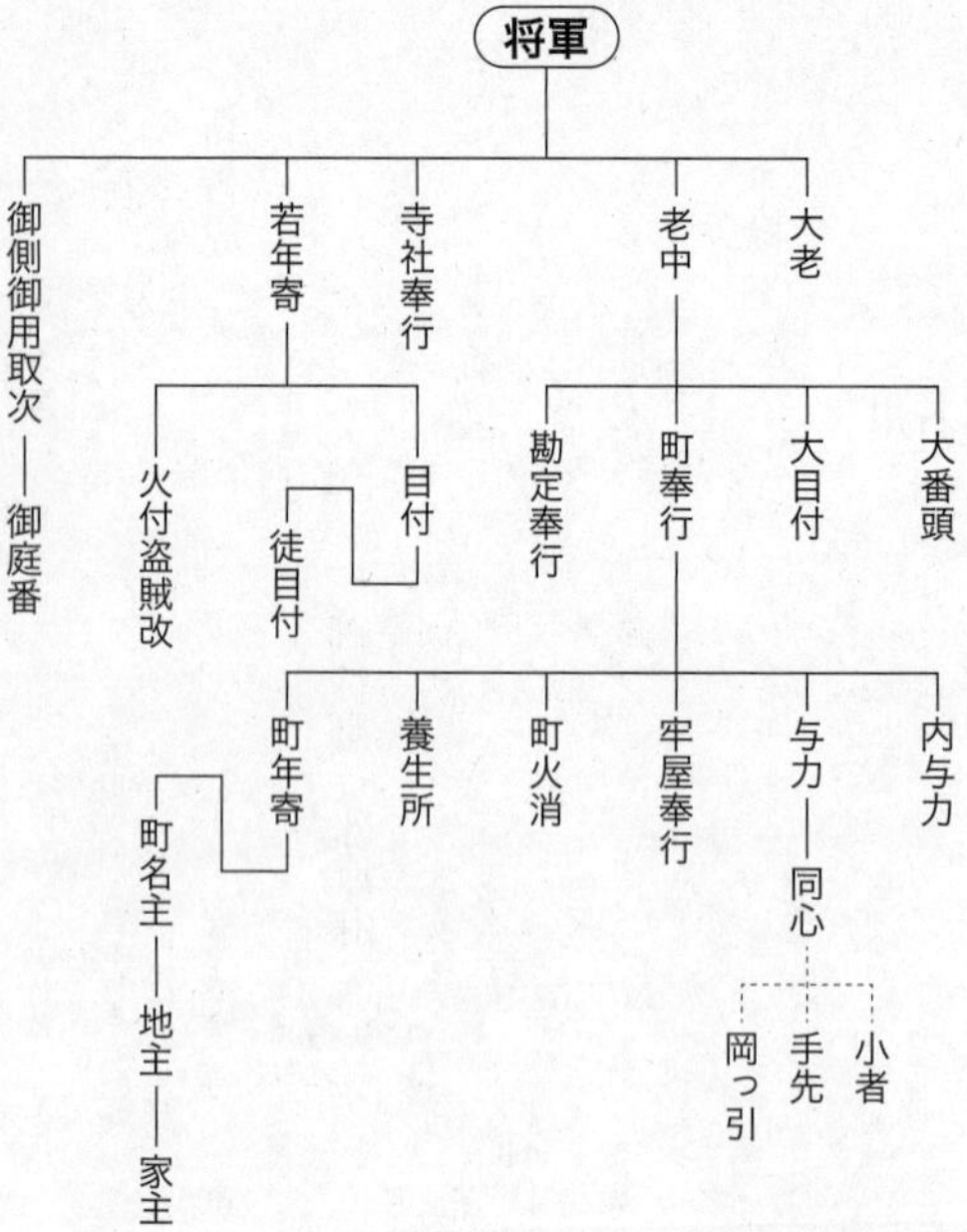

＊本図は江戸後期の幕府と町奉行所のおおまかな組織図。

＊幕府の支配体制は老中（政務担当）と若年寄（幕臣担当）の二系統からなる。最高職である老中は譜代大名三～五名による月番制で、老中首座がこれを統括した。

＊町奉行は南北二つの奉行所による月番制で、江戸府内の武家・寺社を除く町方の行政・司法・警察をつかさどった。

＊小者、手先、岡っ引は役人には属さず、同心とは私的な従属関係にあった。

主な登場人物

菅沼外記（相州屋重吉）……十二代将軍家慶に仕える「闇御庭番」。
お勢……辰巳芸者と外記の間に生まれた娘。常磐津の師匠。
村山庵斎……俳諧師。外記配下の御庭番にして、信頼される右腕。
真中正助……相州浪人。居合師範代で、お勢の婿候補。
小峰春風……絵師。写実を得意とする。
義助……棒手振りの魚屋。錠前破りの名人。
一八……年齢不詳の幇間。

水野忠邦……老中首座。天保の改革を推進する。
鳥居耀蔵……水野忠邦の懐刀と目される南町奉行。「妖怪」とあだ名される。
藤岡伝十郎……南町奉行・鳥居耀蔵の内与力。
村垣与三郎……公儀御庭番。
美佐江……浅草・観生寺で手習いを教える。蘭学者・山口俊洋の妻。
ホンファ……香港から渡来。旅の唐人一座の花形だった可憐な女性。
江川太郎左衛門……韮山代官。伊豆国を中心とした幕府直轄領を管轄する。

序

天保《てんぽう》十三年（一八四二）の長月《ながつき》の夜、菅沼外記《すがぬまげき》は御堀端《おほりばた》をそぞろ歩きしていた。山下御《やましたご》門《もん》と数寄屋橋《すきやばし》の中間辺《あた》りだ。

秋の夜長を楽しもうと足を止め、三日月《みかづき》を見上げる。柳《やなぎ》の枝がしなり、堀を渡る爽《さわ》やかな風に身を任《まか》せた。

「いい形をしておるな」

外記は独《ひと》りごちた。

が、見ている内に空腹を感じる。三日月が刀《かたな》のように真っすぐに見え、

「秋刀魚《さんま》が食べたくなったな」

家路を急ごうと歩き出した。

すると、ひたひたと足音が近づいてくる。外記は柳の木陰《こかげ》に身を潜《ひそ》めた。黒装束《くろしょうぞく》に全身を包んだ集団が山下御門からこちらに走って来るのだ。彼らはみな紅色《べにいろ》の寅《とら》のお面《めん》で顔

を隠していた。

「紅寅党《べにとらとう》か……」

近頃、江戸の夜を騒がす盗人《ぬすっと》集団である。揃《そろ》って紅色の寅のお面を付けているという読売《よみうり》の記事は本当だった。山下御門を越えてきたということは、彼らが軽業師《かるわざし》上がりであるとの推測《すいそく》も当たっていると思われた。

盗みに入るのは決まって大名屋敷《だいみようやしき》。大名屋敷には千両箱《せんりようばこ》や高価な骨董品《こつとうひん》が蓄蔵《ちくぞう》してあるためだが、それだけではない。盗みに入られても御家《おいえ》の体面《たいめん》を憚《はばか》って表沙汰《おもてざた》にしない大名家は珍《めずら》しくはなく、幕府から謀反《むほん》の疑いがかけられないよう案外と警戒が緩《ゆる》いのだ。

かつて彼ら同様、大名屋敷専門に盗みを働いていた盗人鼠小僧《ねずみこぞう》になぞらえ、読売は首《しゆ》領格《りようかく》の男を紅寅小僧と名づけていた。

外記は柳の木陰から飛び出した。

ぎょっとして紅寅党の足が止まった。その数、十人だ。五人が肩に千両箱を担《かつ》いでいる。

「いい加減にしておけ」

鋭《するど》い声を浴びせ外記は鼻から深く息を吸い、口からゆっくりと吐き出した。丹田《たんでん》に精《せい》気《き》が蓄積《ちくせき》されてゆく。

紅寅党は顔を見合わせていたが、外記が一人だとわかり、

「やっちまえ」

紅寅小僧と思われる男が命じた。

何人かが懐《ふところ》に呑《の》んでいた匕首《あいくち》を抜いた。

その間、外記は丹田呼吸を繰り返した。全身を血潮《ちしお》が駆け巡り、気力が溢《あふ》れ返る。顔面は紅潮《こうちょう》し、双眸《そうぼう》が鋭い輝きを放った。

外記は腰を落とした。

匕首を手にした連中が外記に向かって来た。

外記は右手を広げ前方に突き出し、

「でやあ！」

腹の底から大音声《だいおんじょう》を発した。

夜というのに陽炎《かげろう》が立ち上り、紅寅党が揺らめいた。彼らの周囲の空間が歪《ゆが》み、その空間の中で金縛《かなしば》りに遭《あ》ったように動きが止まる。

が、それも束《つか》の間《ま》のことで、

「うわー！」

絶叫を発するや、相撲《すもう》取《と》りに張り手を食らわされたように十人が後方に吹き飛んだ。

何が起こったのかわからず、彼らは目を白黒させる。

菅沼流気送術《きそうじゅつ》が炸裂《さくれつ》したのだ。

あたりは静まり、秋の虫が鳴き始めた。

菅沼流気送術、菅沼家に伝わる秘術《ひじゅつ》である。呼吸を繰り返し、気を丹田に集め満ち溢れたところで一気に吐き出す。気送術を受けた者は見えない力によって突き飛ばされ、中には失神《しっしん》する者もいる。

菅沼外記、元公儀御庭番《こうぎおにわばん》である。

「御用《ごよう》だ！」

という声と共に御用提灯《ぢょうちん》が近づいて来た。北町《きたまち》奉行所の捕方《とりかた》だ。外記は再び柳の木陰に身を潜めた。紅寅党は捕縛《ほばく》されていった。

中には捕まるまいとあがく者もいたが、

「じたばたするんじゃねえ！」

紅寅小僧はそんな手下を叱責《しっせき》し、

「年貢《ねんぐ》の納《おさ》め時が来たってわけだ。みんな、楽しかっただろう。おれたちゃ、死罪《しざい》だ。地獄で閻魔《えんま》さまのお宝を盗もうじゃねえか」

と、お面を取って潔《いさぎよ》くお縄《なわ》になった。素顔は意外にも優男《やさおとこ》、役者のようだ。

すると、山下御門から侍《さむらい》の集団が駆けつけて来た。

一人が捕方に、

「拙者、鍋島《なべしま》家《け》探索方頭取《たんさくかたとうどり》、橋本啓太郎《はしもとけいたろう》と申す。今夜、紅寅党どもに盗みに入られたのは当家でござる。北の御奉行所の方々に礼を申す」

丁重に礼を述べ立てた。

なるほど、肥前佐賀藩《ひぜんさがはん》鍋島家三十五万七千石《ごく》の藩邸《はんてい》ならば五千両盗まれたのもわかる。上屋敷《かみやしき》は山下御門を入ってまっすぐに進んだ所にあるはずだ。

「方々にお願い申し上げる、盗賊《とうぞく》どもを引き立てる前に、当家から盗まれた品々を検《あらた》めたい」

橋本の申し出に捕方は応じた。橋本の指示で鍋島家の家来たちが盗品《とうひん》を調べ始めた。紅寅一味《いちみ》が盗んだのは千両箱が五つである。それを確かめてから橋本は紅寅小僧に問い質《ただ》した。

「太刀《たち》は何処《どこ》だ」

「太刀……」

言葉の意味を探るように紅寅小僧は呟《つぶや》いて後《のち》、知らないと答えた。

「惚《とぼ》けるか」

橋本は紅寅小僧に詰め寄った。

「白《しら》を切っているわけじゃねえよ。太刀だろうと鑓《やり》だろうと盗んじゃいねえ。そんなもん、盗んだって売り捌《さば》く時に足がつくからな。おれたちゃ、山吹色《やまぶきいろ》のありがてえお足《あし》しか盗まねえよ。なあ」

紅寅小僧が声をかけると一味はそうだそうだと喚《わめ》き立てた。捕方が静まれと怒鳴《どな》る。橋本は同心《どうしん》に向き、

「太刀とは藩祖《はんそ》、鍋島直茂《なべしまなおしげ》公が太閤秀吉《たいこうひでよし》公より下賜《かし》された当家の家宝の一つでござる。黒漆《うるし》の鞘《さや》に金泥《きんでい》で豊臣《とよとみ》家の家紋《かもん》、五七桐《ごしちのきり》が描かれておる。この者どもを取り調べ見つけ出されたなら、当家に返還《へんかん》願いたい」

「承知しました」

同心は北町の大橋源太郎《おおはしげんたろう》と名乗った。

橋本は鍋島家中《かちゅう》の者たちを引き連れ、太刀を探そうと提灯で夜道を照らし始めた。

外記は一部始終を見届け、太閤秀吉の太刀を探してやろうかと思ったがそこまでする義理はないと闇に紛《まぎ》れた。

何より腹が減った。

家路を急ごう。

紅寅党捕縛の話題は瞬《またた》く間に江戸市中を駆け巡り、読売は連日書き立てた。どの記事にも、菅沼外記の名を記すものはない。

第一章　仇討ち快挙

一

　神無月《かんなづき》二十日、冬隣《ふゆどなり》の昼、菅沼外記は橋場《はしば》鏡《かがみ》ヶ池《がいけ》にある自宅でくつろいでいた。

目鼻《めはな》立ちが整《ととの》った柔和《にゅうわ》な顔、白髪《しらが》混じりの髪は総髪《そうはつ》に結《ゆ》われ、豊《ゆた》かに波打って肩に垂《た》れている。小柄《こがら》だががっしりとした身体を小袖《こそで》に包み、裁着《たっつ》け袴《ばかま》を穿《は》いていた。五十を超えているが動作に無駄《むだ》がなく、若々しい。

　縁側《えんがわ》でくつろぎ、飼い犬のばつを抱いて日向《ひなた》ぼっこをしている。猫と見紛《みまが》うような小犬だ。日輪《にちりん》の光がばつの黒毛を艶《つや》めかせているばかりか、程《ほど》よい温《ぬく》もりを伝えてくれる。まこと長閑《のどか》な昼下がりである。

　そこへ、棒手《ぼて》振りが美味《うま》い鯛《たい》が手に入ったと届けに来た。紺《こん》の腹掛《はらが》けに半纏《はんてん》を重ね、股《もも》引《ひき》といった格好《かっこう》、肩に天秤棒《てんびんぼう》を担いでいるとあって棒手振りそのものだが、この男義助《ぎすけ》といい、外記配下の闇御庭番である。棒手振りの格好は扮装《ふんそう》ではなく、実際に日本橋《にほんばし》の魚河《うおが》岸《し》に出入りし魚を仕入れている。魚の目利《めき》きは確かであった。

闇御庭番とは、元公儀御庭番の外記とその配下たちである。

菅沼外記は、忍び御用を役目とする公儀御庭番だった。だった、というのは昨年の四月、外記は表向き死んだことになって、以後、死を装い生きているからだ。

そんな理不尽な生き方をしなければならなくなったのは、将軍徳川家慶《とくがわいえよし》の命を受け、元公儀御小納戸頭取《おこなんどとうどり》中野石翁《なかのせきおう》失脚の工作を行ったことに起因する。

石翁は、養女お美代《みよ》の方を大奥へ送り、先代将軍家斉《いえなり》の側室とした。お美代の方は数多《あまた》いる側室の中でも最高の寵愛《ちょうあい》を受けた。石翁は家斉のお美代の方への寵愛を背景に、巨大な権勢を誇示した。大奥出入りの御用達《ごようたし》商人の選定はもとより、幕閣の人事にまで影響力を持った。

傾いた幕府財政を建て直すべく改革を行おうとする家慶と老中首座《ろうじゅうしゅざ》水野越前守忠邦《みずのえちぜんのかみただくに》にとって、既得権益の上に胡坐《あぐら》をかく石翁は大きな障害だった。そこで、外記に石翁失脚の忍び御用の命が下されたのだ。

外記の働きにより、石翁は失脚した。すると、水野は口封じとばかりに外記暗殺を謀《はか》ったのである。外記は間一髪逃れたが、表向き死んだことになり、家慶によって、将軍だけの命を遂行する御庭番、つまり、「闇御庭番」に任じられた。

改革は必要であるが、行き過ぎは庶民を苦しめるばかりである。水野や懐刀《ふところがたな》である公儀目付鳥居耀蔵《とりいようぞう》の行き過ぎた政策にお灸を据える役割を遂行することになったのである。

義助は台所に回った。後で塩焼きにしてくれるそうだ。外記はばつを庭に放した。ばつは元気よく庭を駆け回る。

義助が戻って来て、

「それにしましても、近頃は一段と奢侈禁止令《しゃしきんしれい》が厳しくて、鯛とか鯉《こい》とかといった高級魚は中々《なかなか》手に入りませんでね。今朝は珍しく馴染《なじ》みの問屋さんから仕入れられましたんで、召《め》し上がって頂《いただ》こうって持ってきましたよ」

鯛が手に入ったのがよほど嬉《うれ》しかったと見え、満面に笑みを浮かべている。

「そんな貴重《きちょう》な鯛ならば、高く買ってくれる料理屋にでも持って行けばよかろう」

外記が気遣《きづか》うと、

「いや、何をおいてもお頭《かしら》に食べて頂こうって思ったんですよ。ところで、ご存じでしょう。妖怪《ようかい》奉行さま、とうとう高島秋帆《たかしましゅうはん》さまを小伝馬町《こでんまちょう》の牢《ろう》屋敷に投獄《とうごく》してしまいましたよ」

義助は言った。

目付から南町《みなみまち》奉行に就任した鳥居耀蔵は西洋式砲術《せいようしきほうじゅつ》の大家《たいか》、高島秋帆を異国人と交際、抜《ぬ》け荷《に》を行ったとして、今年の五月に告発していた。容疑が固まったとして今月の二日に投獄したのである。鳥居の西洋嫌いは激しさを増し、その私情が政《まつりごと》に反映されている。

「妖怪奉行さま、ほんと調子づいていますよ。今日の空みたいに、江戸はどんよりと曇《くも》ったままですね」

義助は嘆《なげ》いた。

老中首座水野忠邦が推進《すいしん》する改革の骨子は質素倹約《しっそけんやく》、そのためには贅沢華美《ぜいたくかび》を排除する方針だ。水野の尖兵《せんぺい》となって江戸市中の取り締まりを強化しているのが妖怪こと鳥居甲斐守《かいのかみ》耀蔵である。その容赦《ようしゃ》のない取り締まりにより、盛り場《さかば》の火は消え、贅沢品と見なされる食べ物、着物を売った者、買った者が処罰されている。江戸の町人たちは鳥居を彼の諱《いみな》「耀蔵」のようと官職名「甲斐守」のかいを取り、「妖怪」という二つ名をつけて恐れ且《か》つ嫌っている。

「やまない雨はないし、晴れない空はない。いつか、日本晴れとなる」

外記は空を見上げた。

奢侈禁止令や鳥居のせいではないだろうが、空は圧《の》しかかるような分厚い雲に覆《おお》われている。

「そうだといいんですがね、今日みたいな曇り空でもいいですから、雲が切れて、お天道《てんと》さまに顔を出して頂きたいもんですよ。何かこうすかっとした出来事でもありゃいいんですがね」

義助が言うと、

「すかっとな……あるではないか。仇討《あだう》ち成就《じょうじゅ》」

外記に言われ、義助は自分の額《ひたい》をぽんと手で叩《たた》き、語り始めた。

「あっ、あっしとしたことが。景気が悪いんでうっかりしていましたよ。ほんと近頃にないすかっとした快挙《かいきょ》だって大変な評判ですよ。ちょっと前まではね、紅寅小僧率《ひき》いる紅寅党の話題でもちきりだったんですがね、仇討ちにすっかり人気を奪われていますね。江戸っ子は移《うつ》り気《ぎ》が激しいってせいもありますけど、盗人の話より仇討ちの方が華《はな》がありますものね」

魚河岸でも大変な評判を呼んでいると言い添えた。鬱憤《うっぷん》を晴らすような饒舌《じょうぜつ》ぶりだ。

その仇討ちが行われたのは十日前、神無月十日のことだった。

場所は永代橋《えいたいばし》を深川《ふかがわ》に渡った大川《おおかわ》の河岸、刻限は明《あ》け六《む》つ（午前六時）に行われた。

仇討ちを成就したのは肥前諫早《いさはや》藩五万五千石、重松石見守盛定《しげまついわみのかみもりさだ》の元家臣で松本左内《まつもとさない》という二十三歳の若侍だった。一方、討たれたのは同じく諫早藩重松家の元家臣持田加兵衛《もちだかへえ》である。松本左内の父左衛門《さえもん》は持田と共に藩主盛定の馬廻《うままわ》り役を務めていた。

読売によると、酒の席でのいさかいが原因で、持田加兵衛は松本左衛門を背後から襲うという騙《だま》し討ち同然の卑怯《ひきよう》な手段で殺して後、重松家から逐電《ちくでん》した。一年前、神無月一日のことだそうだ。

父の仇を追うこと一年、左内は見事仇討ち本懐《ほんかい》を遂《と》げたのであった。

「いやあ、仇討ちばかりは、どんなに浮かれ騒いだって妖怪奉行さまも取り締まることができませんよ。武士道の鑑《かがみ》ですからね」

義助は痛快そうだ。

読売は連日、松本左内の快挙を書き立て、それが飛ぶように売れている。

「それで、松本左内は諫早藩重松家に帰参《きさん》するのだな」

「おそらくは、そうなるんでしょうね。こら、諫早藩としても、厚遇《こうぐう》するんじゃござんせんかね。お父上は殿さまの馬廻り役だったたっていいますから、左内さまも馬廻り役に取り立てられるんじゃござんせんか。馬廻り役といやあ、上士《じようし》でしょうからね。百石や二百石は頂戴《ちようだい》できるでしょう」

義助の算段《さんだん》は見当違いではあるまい。

父が殺されて一年、松本左内は仇討ちを成就し暗雲《あんうん》が晴れたに違いない。

「それにしても、武運《ぶうん》っていいますかね、運がよろしいですよ、左内さまは」

実際、仇討ちというのは悲惨《ひさん》だ。仇にめぐり合える保証はなく、よほどの運がないと見つけられるものではない。ここで会ったが百年目とは言いえて妙《みょう》なのだ。

仇討ちを遂げない限り、藩への帰参は叶《かな》わない。捜し求める旅を続ける内に、路銀《ろぎん》は尽《つ》き、仇討ちを断念し、武士を捨てて市井《しせい》に埋没《まいぼつ》する者も珍しくはないのだ。

そして、仇を見つけたとしても討ち取れるとは限らない。返り討ちに遭うことも十分に考えられる。

いずれにしても、仇討ち本懐を遂げられず悲惨な運命を辿《たど》る者の方が圧倒的に多い。松本左内は極めて幸運といえた。

「ですからね、松本左内さまの武運にあやかろうと、仇討ち場所の大川の河岸は大勢のお侍さまが訪れているそうですよ。でもって、ちゃっかりした奴がいるもんで、屋台を出して、酒やつまみ、菓子なんかを売っているそうですぜ」

義助の言葉を受け、

「奢侈禁止の鬱憤を、ここぞとばかりに晴らそうという連中は多かろうな」

と、外記は民の気持ちを思った。

「松本さまの快挙、しばらくは江戸中がこの話題で持ちきりになるでしょうね」

義助は言った。

外記もこの時はそれ以上のことは考えてもいなかった。まさか、自分が松本左内の仇討ち後の騒動に巻き込まれるなど。

その頃、外記の娘お勢《せい》を闇御庭番の一人、真中正助《まなかしょうすけ》が訪ねていた。歳は二十六歳、目元涼《すず》やかな中々の男前である。関口流宮田喜重郎《せきぐちりゅうみやたきじゅうろう》道場で師範代《しはんだい》を務めている。関口流は居合《いあ》いの流派だが、血を見ることが苦手とあって得意技は峰打《みねう》ちという少々変わった男だ。実直《じっちょく》さを外記に買われ、気送術を伝授され、目下《もっか》取得すべく苦闘している。

気送術とは、外記が紅寅党を撃退した時に使った菅沼家伝来の秘術である。呼吸を繰り返し、気を丹田に集め満ち溢れたところで一気に吐き出す。気送術を受けた者は見えない力によって突き飛ばされ、中には失神する者もいる。

菅沼家の嫡男《ちゃくなん》は元服《げんぷく》の日より、気送術習得の修業を始める。当主について日々、呼吸法、気功《きこう》法の鍛錬《たんれん》を受け、時に一カ月の断食《だんじき》、三カ月の山籠《やまご》もりなどを経《へ》て五年以内に術を会得《えとく》しなければならない。会得できぬ者は当主の資格を失い、部屋住みとされた。

無事会得できたとしても、術の効力は低い。精々《せいぜい》、子供一人を吹き飛ばすことしかできない。しかも、丹田に気を溜めるまでに四半刻《しはんとき》（約三十分）程も要する。気送術を放つ時には全身汗まみれとなりぐったりして、術を使う意味を成さない。

会得後も厳しい鍛錬を重ねた者、そして生来《せいらい》の素質を持った者のみが短い呼吸の繰り返しで丹田に気を集めて大《だい》の男を飛ばし、術を自在に操ることができるのだ。外記は三十歳の頃には菅沼家始まって以来の達人の域《いき》に達していた。

気送術を受け継ぐことは外記の跡継ぎ、つまり一人娘、お勢の婿《むこ》となることを意味する。真中とお勢、お互い憎《にく》からず思っているのだが、真中の実直さが不器用さに繋《つな》がり、二人の距離が縮まらないでいた。

根津権現《ねづごんげん》近くに軒《のき》を連《つら》ねる武家屋敷の一角《いっかく》にある宅の居間でお勢と向かい合う。

奢侈禁止令の取り締まりが激化しているとあって、お勢は地味な弁慶縞《べんけいじま》の小袖に黒地の帯、島田髷《しまだまげ》に結った髪も朱《しゅ》の玉簪《たまかんざし》を挿《さ》しているだけだ。だが、常磐津《ときわず》の師匠を生業《なりわい》とし、辰巳芸者《たつみげいしゃ》であった母の血がそうさせるのか、きびきびとした所作《しょさ》の中に匂《にお》い立つような色気を放っている。が、はっきりと整いすぎた目鼻立ちが勝気《かちき》な性格を窺《うかが》わせもした。

お勢はお茶に真中の土産《みやげ》、人形焼を添えて、

「真中さん、松本ってお侍の仇討ちのこと、耳にしているわよね」

気さくな調子で語りかけた。日頃、口下手な真中とは話の接《つ》ぎ穂《ほ》がなくなり、気詰まりな雰囲気になってしまうことがままある。真中も武士、仇討ちなら話も弾《はず》むだろうと思っ

たのだが、

「ええ、まあ……」

真中は言葉を曖昧《あいまい》に濁《にご》し乗ってこない。それなら話題を変えようとしたがこれといって思い浮かばない。世間話をしようにも暗い話題ばかりだし、食べ物、着物になど真中は興味を示さない。闇御庭番の役目があれば、仕事について意見を交《か》わせるのだが、直近の役目はなかった。

真中は人形焼を持ったまま押し黙っている。普段の口数の少なさとは違う。まるで松本左内の仇討ちを気に病《や》んでいるようだ。

こうなると気になって仕方がない。

お勢は真中を見据え、

「真中さん、どうしたの。松本左内の仇討ちに何か気になることでもあるのかしら」

はっとしたように真中は人形焼を皿に戻し、

「わたしには信じられないのです」

と、沈痛《ちんつう》な面持《おもも》ちで首を左右に振った。

「信じられないって……どういうことかしら」

お勢は首を傾《かし》げた。

「実は、わたし……仇と討たれた持田加兵衛どのをいささか存じておるのです」

お勢は両目を大きく見開き、

「へえ、そうなんだ。でも、何処で知り合ったの」

「同じ宮田喜重郎先生の道場に通っていたのです。ご存じのように宮田道場は居合いの道場ですが、有志で剣の稽古《けいこ》もしております」

「そうだったの。で、持田さんは剣の腕はどうだったのかしら」

「まず、上の上、でござった。五十路《いそじ》を迎えられたというのに、わたしでも三本勝負して二本取れるかどうか。いつも、持田どのとの試合は緊張し、同時に、対戦が楽しみでもありました」

感慨深そうに真中は遠くを見る目をし、持田が諫早藩重松家伝来《でんらい》の剣法、肥前白波一刀《しらなみいっとう》流免許皆伝《めんきょかいでん》の腕だと言い添えた。

「白波一刀流って、どんな剣なのかしら」

剣術になど興味はないが、話題を途切れさせまいと敢《あ》えてお勢は問いかけた。

真中の目の色が変わった。生き生きと活気づき、顔が輝いている。

「肥前諫早の海に立つ白波を切り裂くような剛剣《ごうけん》です。大上段《だいじょうだん》から繰り出す大技が特徴で、持田どのも得意としておられました。大上段から矢のような速さで木刀《ぼくとう》を繰り返し振り下ろす様は力強く、しかも、技を繰り出した後に一切の乱れがないのです」

真中は立ち上がり、扇子《せんす》を使って大上段から振り下ろす様を真似た。

「一撃ではなく、何度も振りかぶっては振り下ろす、を繰り返すのです。それでも足は板敷きを動きません。大地に根を張る大木《たいぼく》のようでした。わたしはどうしたらそんな技が習得できるのか尋《たず》ねたのです」

興奮気味の真中が語ったところによると、持田たち白波一刀流を学ぶ者は小舟を仕立て、大海原《おおうなばら》に漕《こ》ぎ出《い》でる。舟で仁王立《におうだ》ちとなり太い木刀で素振《すぶ》りを繰り返す。舟の揺れによろけていては技の習得はならない。凪《な》いでいる海ばかりか白波が立つ海でも微動だにせず素振りができるようになるまで研鑽《けんさん》を積む。持田に至っては嵐の海でも素振りが可能になったそうだ。

「白波一刀流、荒波下ろし……まさしく剛剣です。戦国の世にあっては、太刀で敵の兜《かぶと》を割り、脳天《のうてん》を断ち割ったとか」

夢中になって語る真中をお勢は黙って見上げていた。やがて、真中も自分の興奮ぶりに気づき、

「これはすみません。つい、夢中になってしまって」

と、座り直した。

「真中さん、ほんと、剣の話になると夢中よね」

お勢はくすりと笑った。

すみませんと、真中はもう一度わびると頭を掻《か》いた。

「真中さんには、残念なことだったわね。持田さんってお侍、そんなに強いのに討たれてしまって、驚いたのも無理はないわ。そんな剣の達人が討たれたのは、お父上の仇を討つという松本左内ってお侍の執念《しゅうねん》が勝ったのかもね。それに、勝負は時の運だものね」

お勢の言葉にうなずきながらも、

「わたしが解《げ》せないのは持田どのが討たれたということよりも、持田どのが松本という侍のお父上を騙し討ちにしたことなのです。わたしには到底信じられませぬ」

「つまり、持田さんは騙し討ちをするようなお人じゃないってわけね」

お勢の指摘に、

「そうなのです。持田どのは剣の腕が立つばかりか、人格高潔《こうけつ》な御仁《ごじん》、とても、騙し討ちなどという卑劣《ひれつ》な手段に出るお方ではないのです。相手の後ろを狙うなど、絶対になさいませぬ」

つい、真中は声を張り上げてしまった。

それからばつが悪そうに口を閉ざす。

お勢がおもむろに、

「確か、松本さんのお父上は持田さんと同僚だったのよね」

「共に藩主の馬廻り役であったとか」

「持田さん、松本さんのお父上によほど深い恨《うら》みがあったのではないかしらね」

お勢の言い分はもっともだが、

「どんな恨みがあったにしても、持田どのが騙し討ちをするなど信じられません。わたしには解せません」

「真中さんが解せないとしても、世間じゃそれで通っているわよ。読売のせいでね」

「それが、なんとも口惜《くちお》しいのです」

真中は腹から言葉を搾《しぼ》り出した。

「確かに読売はいい加減なことを書き立てるわ。何が本当なのかわからないけど、今は持田さんのご冥福《めいふく》を祈るしかないんじゃないの」

お勢の諭《さと》しに、

「……そうですな」

うなずいたものの真中の表情は陰鬱なままだ。

それを見てお勢は言った。

「そんなに気になるのなら、持田さんのお身内を訪ねてみたらどうかしら。持田さん、お身内はいらっしゃるの」

「お子がおられると聞きました。住まいも存じております」

真中は答えた。

「持田さんは仇と狙われているってわかっていたのかしら。ご家族も持田さんが仇と狙われているって知っていたのかしら。真中さん、持田さんには仇と狙われているような素振りはあったの」

「いえ、そのような素振りは……」

眉根を寄せ真中は思案をしたが、言葉が出てこない。

「どっちにしろ……お子さんが気の毒ねえ。きっと、口さがない連中の好奇の目にさらされているわよ。人の噂も七十五日っていうけどね、父親を亡くした上に悪し様《あざま》に言われたんじゃ、身の置き所もないんじゃないかしら。真中さん、持田さんをそんなにも尊敬しているんだったら、ご遺族《いぞく》の力になって差し上げたらどう」

武芸とか仇討ちには深い関心を抱けなかったが、持田の人柄と残された遺族を思うとお勢も同情を寄せた。

「ごもっともですね」

素直に真中は受け入れた。

と、ここでお勢は、「いけない」と小声で呟き、

「勧めといて何だけど、真中さん、人が好《い》いから、ご遺族に同情して面倒なことに巻き込まれないよう用心してね」

「ご忠告痛み入ります。ならば、これにて」

真中は立ち上がった。

「くれぐれも、気をつけてね」

自分でもくどいと思いながらもお勢は繰り返し注意した。なんとなく、真中が今回の仇討ちに深くのめり込むような予感がしたのだ。

そして、この仇討ちには、世間に流布《るふ》している物語とは相容れない底知れぬ闇が広がっているのではないかと危惧《きぐ》もした。

「お頭のお役目があったら、すぐにも駆けつけます」

律儀《りちぎ》な言葉を残し真中は出ていった。

「わかったわ」

お勢は真中の背中に語りかけた。

二

日付はやや遡《さかのぼ》った十五日、老中水野越前守忠邦は用部屋に南町奉行鳥居耀蔵を呼んでいた。

「鳥居、目下、民どもは仇討ちの話題でもちきりのようだな」

水野が切れ長の目を向けると、

「民どもは面白がっておりますな。何処の湯屋《ゆや》の二階も仇討ち話で盛り上がっておるとか」

冷《さ》めた口調《くちょう》で鳥居は返した。

「民どもは移り気じゃ。遠からず、話題に上らなくなる。民がこの手の話に夢中になるのはわかるが、城内においても仇討ち話に興じる者どもがおる。呑気《のんき》なことよ。そんな阿呆《あほう》どもは放っておき、我らで長崎警固の充実を図《はか》らねばな。よいか、異国の船を好き勝手に侵入させてはならぬ」

水野は鳥居による高島秋帆捕縛を皮肉っているようでもあった。西洋砲術の大家を罪人にした上で、今後長崎や江戸を脅《おびや》かす異国船にいかに対処するのか、鳥居に突きつけられた大きな課題である。

水野は鳥居に問いかけた。

「鳥居、海防《かいぼう》厳しき折、いかにする。かつてのフェートン号事件の再現はゆるされぬぞ。それに、異国船打ち払い令の撤廃《てっぱい》、果たして良策であろうかな」

フェートン号事件とは文化五年（一八〇八）、イギリスの軍艦《ぐんかん》フェートン号がオランダ商船を追って長崎湾《わん》に侵入、オランダ商館員《しょうかんいん》を捕縛して長崎奉行に飲料水と薪《たきぎ》、食糧を要求した騒動である。長崎奉行松平康英《まつだいらやすひで》は要求に屈《くっ》し、飲料水、薪、食糧を提供して商館員を解放させた。康英は無抵抗で要求を受け入れたわけではなく、イギリス軍艦撃退の準備もしていた。

ところが、長崎警固の任《にん》にあった肥前佐賀《さが》藩鍋島家は泰平《たいへい》に慣れ、経費節減により本来駐在していなければならない兵力の十分の一、百人程度しか在番していなかったため、急遽九州諸藩に援兵《えんぺい》を要請した。援兵が集結する間にフェートン号は長崎を退去してしまった。この責任を取り、松平康英は切腹《せっぷく》、鍋島家も家老数人が切腹し藩主斉直《なりなお》は百日の閉門《へいもん》となった。

砲術家高島秋帆は事件を受けて、開国を幕府に上申《じょうしん》したが入れられなかった。

「打ち払いを止めたのをいいことに、異国船はさらに長崎を脅かすかもしれませぬ。江戸は政《まつりごと》の要ですが、利を狙うなら長崎です。エゲレス、オロシャの狙いは交易《こうえき》。長崎への出入りを図り、軍船で脅すかもしれませぬ」

鳥居は見通しを語った。

「よって、いかに長崎を守るかだが……長崎周辺の大名のいずれかを改易に追い込む。改易は無理としても、領地の一部を召し上げ、天領《てんりょう》としようとわしは考えておる」

「ということは、狙いは肥前佐賀鍋島家三十五万七千石ですな」

鳥居の目がどす黒く淀《よど》んだ。突き出た額が鈍《にぶ》い輝きを放つ。

「よかろう、そなた、何やら手立てを講じよ」

水野に命じられ、

「承知しました」

鳥居は満面に笑みを広げた。

陰謀《いんぼう》を企《くわだ》てる時、敵と見なした者を陥《おとしい》れる時、鳥居は無上の喜びと闘争心を燃え立たせる。佐賀鍋島家三十五万七千石、敵とするにふさわしい。これ以上の獲物《えもの》はない。

鳥居は野望の爪を研《と》ぎ始めた。

五日後、二十日の夕刻のことであった。

水野は西ノ丸《にしのまる》下にある上屋敷へ戻った。裃《かみしも》を脱ぎ、着流しに袖なし羽織《ばおり》を重ねる軽装に着替え、書院で文机《ふづくえ》に向かっていると、家臣より来客を告げられた。初めて名を聞く男である。門前払いにしようかと思ったが、

「諫早藩……」

と聞き、水野は興味を抱いた。

御殿《ごてん》玄関に近い一室で水野は諫早藩重松家萬雑説方頭取《よろずぞうせつかたとうどり》矢崎兵部《やざきひょうぶ》と面談に及んだ。

「このたびは、面談を頂きましてまことにありがとうございます」

矢崎はまずは丁寧に挨拶をした。

地味な黒地の小袖に仙台平《せんだいひら》の袴、黒紋付《もんつき》を重ね、歳は三十半ばであろう。中肉中背《ちゅうにくちゅうぜい》、のっぺりとした顔は間延《まの》びしていて茫洋《ぼうよう》としている。僅《わず》かに開いている口が間抜け面《づら》を際立《きわだ》たせていた。紋付の紐《ひも》が緩んでいることもこの男のだらしなさを物語っている。

水野が最も嫌う仕事のできない男の典型《てんけい》のような気がした。会うのではなかった。時の無駄だという後悔が水野の胸に湧《わ》き上がった。

そんな水野の苛立《いらだ》ちなど斟酌《しんしゃく》することなく、矢崎は桐《きり》の箱を差し出した。長崎のカステラだそうだ。

この田舎《いなか》侍めが。

初対面で賂《まいない》を渡すとは、このわしの機嫌を金で取ろうなど愚《おろ》かにも程がある。水野は警戒の目をカステラに向けただけで受け取ろうとはしない。

矢崎は容貌《ようぼう》同様のぼそぼそとした口調で、

「水野さま、ご懸念《けねん》には及びませぬ。ただのカステラでございまする。カステラの下に山吹色の物を潜ませるなどという無粋《ぶすい》なことはいたしませぬ。諫早は長崎に近うございますでな、長崎名物を土産と致しました。どうぞ、お受け取りください」

なるほど、いきなり賄賂《わいろ》を持参する程に間抜けではないようだ。水野はうなずき、

「諫早藩重松家は目下、大変な評判となっておるではないか」

「まこと、仇討ち本懐が遂げられたこと、当家でもめでたいと沸いております」

矢崎は言った。

「そなた、萬雑説方と申したが、それはいかなる役目ぞ」

雑説とは現代で言うところの情報、諜報《ちょうほう》に当たる。

「名の通り、万事の雑説を収集《しゅうしゅう》する役目にござります」

「つまり、隠密《おんみつ》……御公義でいえば公儀御庭番、町方ならば南北町奉行所の隠密廻り同心、といった役目じゃな」

「御意にござります」

隠密を束《たば》ねるとはとても思えぬ鈍そうな男であるが、案外こうした男が隠密活動に適しているものだ。水野は矢崎を見直した。

「それで、わしに話とは」

水野は切れ長の目を向けた。

「漏れ聞くところによりますと、水野さまは長崎防衛の方策を練っておられるとか」

矢崎は静かに問いかけた。

「長崎は重要なる地である。それゆえ、わしに限らず、幕閣《ばっかく》にあっては心を砕いておる。清《しん》国における香港《ホンコン》のようになってはならぬからな」

水野は表情を変えない。矢崎も呆《ほう》けた顔つきのまま、

「その方策の中に、長崎周辺に天領を広げるお考えがあるとか」

「そのようなこと、何処より耳にしたのだ……ああ、そうであったな。そなた萬雑説方を束ねているのであったな。なるほど、雑説を収集する力は中々ということか」

水野は鋭い眼光《がんこう》を向けた。

「萬雑説方は国許《くにもと》にあっては領内の不穏な動きを摘発《てきはつ》、江戸にあっては諸藩、なかんずく九州諸藩の動きを知る、更《さら》には……」

「公儀の動きも探っておるのじゃな」

水野は薄笑いを浮かべた。

「畏《おそ》れ入ります」

矢崎は一礼した。

「それで、長崎に隣接する諫早藩の領地が削られてはたまらぬと心配してわしを訪ねたか」

水野の指摘を、

「お見通しの通りにございます」

臆《おく》することなく矢崎は認めた。

「あいにくだが、手心を加えろという願いであれば、聞く耳は持たぬ。わしは長崎防衛の見地に立ち、諸藩に公平に対処する。必要に応じて軍備を整えるばかりじゃ、軍勢の駐《ちゅう》屯《とん》も必要となろう。長崎に軍勢は陣取れぬゆえ、当然近隣の適所を候補とせねばならぬな」

淡々とした口調で水野は告げた。

「むろん、拙者《せっしゃ》とて水野さまが当家の都合のみをお聞き入れくださるとは思っておりませぬ。ですから、そのようなお願いではなく、本日は取り引きに参ったのです」

矢崎は言った。

薄ぼんやりとした顔つきの矢崎と取り引きという言葉が結びつかない。

「取り引きのう……このわしとか」

水野は口元を曲げた。

「ご不快でございますか」

不似合いに不敵《ふてき》な笑みを矢崎は浮かべた。それを見れば、有効な条件を持参したと思える。

「いいや、面白そうじゃ、申してみよ」

水野は表情を緩めた。

「肥前佐賀鍋島家三十五万七千石を水野さまへの手土産としとうございます」

「なんじゃと」

さすがの水野も矢崎の真意を測《はか》りかね、目をしばたたいた。

「鍋島家を改易とまではいかずとも、大幅な減封《げんぽう》に追い込むことができれば、わが諫早藩重松家の領地は安堵《あんど》くださりますか」

矢崎は確認した。

「それができれば、よかろう」

水野は約束した。

「ならば、鍋島家の表沙汰にはできない、秘事《ひじ》を摑《つか》みたいと存じます」

「わしに取り引きを持ちかけるからには、それなりの心当たりがあるのじゃな」

水野は責めるような目で言った。

「むろんのことでございます」

「申せ」

「今は申せませぬ。拙者も首がかかっております。拙者ばかりか、諫早藩重松家の存亡がかかっておるのです」

「手の内は明かさぬか」

水野は薄く笑った。

「ご勘弁《かんべん》を」

矢崎は頭を下げる。

「よかろう」

水野はうなずいた。

三

あくる二十一日の昼下がり、真中は持田加兵衛の家を訪れた。

霊岸島新堀《れいがんじましんぼり》に架《か》かる湊橋《みなとばし》の袂《たもと》にある長屋である。日当たりが悪く、川風が吹き抜ける寒々とした路地を挟んで九尺二間《けん》の長屋が二棟建っている。持田の住まいは右側の長屋の真ん中辺りだった。人気《ひとけ》はなく、霊岸島新堀を行き交う荷船を操《あやつ》る船頭《せんどう》の歌声が聞こえてくる。

いざ、腰高障子《こしだかしょうじ》の前に立ってみると、訪ねてよいか躊躇《ためら》った。悲しみと恥辱《ちじょく》にまみれているであろう遺族をそっとしておくべきではないか。

そうだ、やはり、もう少し間を置いた方がいい。

真中は立ち去ろうとした。

すると、

「あの……何か御用でしょうか」

と、背後から声をかけられた。

「あ、いや……」

振り返ると娘が立っている。地味な千鳥格子《ちどりごうし》の着物に身を包んでいるものの、楚々《そそ》とした風情《ふぜい》を漂《ただよ》わせていた。歳の頃は十九か二十歳、浅黒い顔に化粧《けしょう》っ気《け》はなく、品の良さそうな美人である。

持田の娘だろう。

真《ま》っ直《す》ぐに真中を見上げている。その目は険《けわ》しい。

「わたしは相州浪人《そうしゅうろうにん》、真中正助と申します。お父上とは同じ宮田喜重郎先生の道場で研鑽《けんさん》を積んでおりました」

娘は小首《こくび》を傾げ、品定《しなさだ》めするように真中を見詰めていたが、やがてはっとしたように目元を緩めた。

「これは、失礼しました。父から聞いた覚えがございます。道場に真中さまと申される、お若いが剣の修練に熱心なお方がおられると。そうですか、真中さまでいらっしゃいますか。どうぞ、お入りください」

娘は志乃《しの》と名乗り、お辞儀《じぎ》をした。

しっかり者のようだ。慎重《しんちょう》さと気丈《きじょう》さを窺わせる。一角《ひとかど》の剣客であった持田加兵衛の娘らしい。

土間を隔《へだ》て小上がりになった六畳の板敷きはきちんと整理整頓がなされている。塵《ちり》も埃《ほこり》もきれいに掃除されていた。

「狭いところですが、お上がりになってください」

志乃に言われ、真中は板敷きに上がった。隅《すみ》に置かれた木箱に位牌《いはい》がある。位牌は二つ、持田加兵衛ともう一つは加兵衛の妻のものであろう。真中は断りを入れ、線香を手向《たむ》けた。次いで、包んできた香典《こうでん》を渡す。

悔《く》やみの言葉をかけると志乃は気丈な応対を見せた。

「先ほども申しましたが、父から真中さまのことは聞いておりました。真中さまは腕が立つばかりか、太刀筋《すじ》が素直で好感が持てると。わたくしは剣のことはわかりませぬが、真中さまのことを話す父はとても楽しそうでした。人品《じんぴん》も優れておられる、とも申しておりました」

志乃は持田の位牌に視線を注いだ。

「それは持田どのの、いささか、いや、大いに買い被《かぶ》りです」

真中はかぶりを振った。

とはいえ、持田が自分の剣に好感を抱いてくれていたことに内心で感謝した。

「わたしもお父上と手合わせをするのが楽しみでした。並々ならぬ研鑽を積んでこられたようで大変に敬服《けいふく》致しました。手合わせばかりか剣についての談義も……その、剣について語られるお父上はとても楽しげで熱心で、ついつい聞き入ってしまいました」

真中も位牌を見つめた。

「父の話は長いでしょう。特に剣について語り出すと止まりませんでしたわ」

志乃はくすりと笑ったが、在《あ》りし日の持田加兵衛が思い出されたのだろう。笑顔が引き攣《つ》った。

「お辛《つら》かったでしょうな」

つい、そんな言葉が口から出てしまった。

志乃は目を伏せた。

「いや、申し訳ござらぬ」

志乃の気持ちを傷つけたと真中は詫びた。志乃は真中を見返し、

「わたくしは信じられないのです」

と、言った。

真中は黙って話の続きを促《うなが》す。

「娘のわたくしが申すのは僭越《せんえつ》でございますが、父はまこと人格高潔、筋道の通らないことは大嫌いでございました」

「わたしもそのようにお見受けしました」

真中の言葉に志乃はうなずき、

「読売は父が左衛門さまを騙し討ちにしたと書きたてておるとか……わたくしには信じられませぬ」

志乃の語調が強まった。

「同感です。騙し討ち云々《うんぬん》という読売の記事は当てにはできませぬが、お父上が松本左衛門どのを殺害に及んだのは事実なのでしょうか……殺害について、何か話を聞かれましたか」

志乃は小さく首を左右に振り、

「何も話してはくれませんでした。重松家中から去り、江戸で住まいすることになりました際、こんなことになってすまぬと、わたくしと弟の圭吾《けいご》に告げました。ただし、わしは間違ったことはしておらぬとも申しておりました。その後、父が仇となっておるなど話題には上らず、父も仇と狙われておるなど思ってもいないようでした」

「仇と狙われるような殺害ではなかった、つまり、騙し討ちなどではなかったということですか」

「騙し討ちどころか、父が刃傷《にんじょう》に及んだことにも半信半疑であったのです。一体、何があったのか知りとうございましたが、父は語ろうとしませんでした。深い事情があったのだろうと、時が経てばきちんと話してくれるだろうと思っていたのです」

しっかりとした口調で淀《よど》みなく志乃は答えた。志乃の聡明さを感じる。

「持田どのが手にかけた松本左衛門どのとはどのようなお方だったのですか」

「松本のおじさまは……」

と、語り出そうとして、志乃は松本家とは国許で組屋敷が隣同士、家ぐるみの付き合いであったと説明し、幼い頃から可愛《かわい》がってもらっていたと言い添えた。

「おじさまは父と同じく殿さまの馬廻り役でございました。年齢は父が一歳下ということでおじさまを兄のように立てておりました。剣の腕は甲乙《こうおつ》つけがたく、家中では一、二を争う程《ほど》でした」

「そんなお二人の間に、何か遺恨《いこん》が生じたのですな」

真中が問いかけると、

「わかりません。父がおじさまを斬《き》ったという知らせにわたくしは耳を疑いました」

「持田どのが左衛門どのを斬ったのは昨年の神無月でござりますな。諫早城内ですか」

「いいえ、江戸の藩邸……深川の抱《かかえ》屋敷であったのです。国許に報《しら》せが届いたのは半月後……江戸家老さまからの書状で、父がおじさまを殺害したとの報せと同時に直《ただ》ちに江戸の藩邸に来るよう命ぜられたのです」

「深川の抱屋敷とはどのようなお屋敷なのですか」

「出入り商人の廻船《かいせん》問屋肥前屋《ひぜんや》さんの御屋敷を御家が買い上げたのです。上屋敷が火事になった場合に備え、御家の金子《きんす》や米、炭、その他大事な品々が納められております。父やおじさまの他、馬廻り役の方々が詰めておりますので、剣術の道場も備えているのですよ」

意外だった。

てっきり、国許での出来事だとばかり思っていた。それはともかく、深川の抱屋敷で何かいさかいがあったのだろう。

「志乃どのは左衛門どののご子息左内どののこともご存じなのですね」

真中の問いかけに志乃は顔を曇らせた。それを見れば、おおよその察しがつく。

「左内さまは……許婚《いいなずけ》でございました。あの事件がなければ、今年の春には……その……祝言《しゅうげん》を挙《あ》げていたのです」

毅然《きぜん》とした対応をしてきた志乃がこの時ばかりは言葉を詰まらせた。

志乃の悲しみは想像に余《あま》りある。眉間《みけん》に刻《きざ》まれた皺《しわ》が苦悩の深さを物語っているようで真中の胸も重くなった。舅《しゅうと》になるはずの男を父が殺し、婿になるはずだった男が父を討ったのだ。

慰《なぐさ》めの言葉も浮かばない。

「すみません。わたくしのことでお気を使わせてしまいましたね」

「あ、いえ。志乃どのと同様、松本左内どのもお辛かったでしょう。左内どのからは何かお話があったのですか」

「左内さまから江戸の藩邸に書状が届いておりました。父を責めるのではなく、ただ困惑《こんわく》しておられる様子でした」

「お父上が左衛門どのを殺害した様子、具体的にどのようであったのですか」

改めて真中は問いかけた。

「藩邸で父と同じく馬廻り役をお務めの矢崎兵部さまより、父はおじさまを背後から襲った、とお聞きしました」

「持田どのが背後から……信じられない」

真中は呟いた。

「わたくしもです。しかし、先ほども申しましたが父も語ってくれませんでした」

両目を大きく見開き志乃も言った。

「かりに、持田どのと松本どのの間に深い遺恨が生じたのだとしたら、持田どののこと、正々堂々と果《はた》し合いを行うはずです。後ろから斬りかかるなど、絶対にありません」

志乃への気遣いではなく真中は断じた。

志乃と弟が江戸藩邸に滞在する間、持田は蟄居し御家の処罰が下されるのを待っていた。刃傷事件の一月《ひとつき》後、重松家から下されたのは御役御免《おやくごめん》、奉公構《ほうこうかまい》、つまり、追放である。

「では、逐電されたのではないのですね」

真中の問いかけに、

「父は逃げてなどおりませぬ」

志乃の口調は益々《ますます》強まった。

「奉公構とした者を御家は仇としたのですか……いささか、腑《ふ》に落ちませんね」

想像できることは、藩の裁定《さいてい》が下《くだ》った後に松本左内が父の仇を討ちたいと藩庁《はんちょう》に願い出たということだ。

「左内どのは国許におられたのですか」

「国許近く、長崎におられました。左内さまは学問の道を進まれ、長崎で蘭学《らんがく》を学んでおられたのです」

「左内どのは一年近く後に仇を討たれたことになります。その間、父上を探しておられたのでしょうか」

「わかりません。左内さまからの連絡《つなぎ》は父がおじさまを斬ったすぐ後、藩邸に届いた書状だけでございます」

江戸は広い。持田の住まいを探し出すのに一年近い月日を要したとしても不思議はないが、持田の住まいは下屋敷の近く、しかも素性を偽《いつわ》ってもいない。いささか日数を要し過ぎなような気がする。仇討ち認可を取ったのは持田が藩を去った直後ではないということか。だとしたら、仇討ちを決意するまでに左内の心境が変化する何かがあったのだろうか。

疑問は尽きない。

「左内どのは剣の腕はいかがですか」

「女のわたくしにはよくわかりませぬが、それほどとは……おじさまは左内さまの剣の修行の足りなさを嘆《なげ》いておられました。左内さまは心優しきお方でした。ご自分でもおっしやっていましたが、武芸は苦手、学問で身を立てたいと申され、おじさまの反対を押し切って長崎で蘭学を学ばれたのです」

藩主の馬廻り役となれば、文弱《ぶんじやく》の徒《と》では許されない。武芸を磨《みが》くのは義務であっただろう。武芸が苦手な左内が持田を討ち取った。ひょっとして、一年近く持田に挑《いど》まなかったのは、その間に武芸の修練を積んだのかもしれない。それにしても持田を討つ程の腕となるには生半可《なまはんか》な修練では追いつかない。

今回の仇討ちには裏がありそうな気がしてきた。真中の気持ちは志乃にも伝わったようで、

「わたくしには、父がおじさまを騙し討ちにしたことに加え、左内さまに討たれたことが信じられないのです。失礼ながら、左内さまの腕ではいかに修練を積まれようと父を討てたとは思えません。腕だけではなく、左内さまは本当に心根《こころね》の優しいお方、人を手にかけることなどできませぬ。少年の頃、飼い猫が沢山《たくさん》の子猫を産んだ時、捨てろとおじさまに命じられてもお聞きにならず、全ての子猫を貰《もら》ってくださる家を探し当てました。その優しさは今も変わらずお持ちだと思います。その左内さまが父を殺《あや》めるなど……」

志乃は切々と語った。

そんな志乃を捨ててはおけなくなった。

「及ばずながら、わたしが調べてみましょう」

真中は申し出た。

申し出てからお勢の忠告を思い出した。深く関わらない方がいい……しかし、関わらずにはいられない。

「では、お父上が松本左内どのと果し合いをするに至った経緯を確かめたいと存じます。左内どのとの果し合いにつき、お聞かせください」

「二十日程前のことでした。突如《とつじょ》として左内さまから文が届いたのです。わたくしは気になりましたが、父は自分宛ての用向きであったと、わたくしには文を見せてくれませんでした」

「その時、お父上は驚いておられましたか」

「いいえ、普段通りでした」

「左内どのから果し合いを申し込まれること、覚悟しておられたのですか。それゆえ、動ずることなくその日を待っていた、ということでしょうか」

「それはわかりませぬが、父は淡々《たんたん》として受け入れました」

「お父上は果し合いに臨《のぞ》まれた朝、何か申されましたか」

「父は何も申さず家を出て行こうとしました。わたくしは止めたのです。すると、父は大丈夫だと答え、左内とは刃を交《まじ》えない、と言い置いて出かけたのです」

「刃を交えない……とは、話し合いをするということですか」

「わかりませぬ。とにかくわたくしには、左内とは刃を交えるつもりはないゆえ安心しろと申しました。父の言葉とは裏腹《うらはら》にわたくしは不安になりました。父は左内さまにわざと討たれる気なのではという考えが胸を過《よぎ》ったのです」

「なるほど、持田どのは左内どのに左衛門どのの仇を討たせようと覚悟して果し合いに臨まれたと……」

「それで、父にわざと討たれようとなさっておられるのですかと問いました」

持田はそんなことはないと否定したそうだ。

「自分に非はない。仇として討たれる覚えはない、と、父ははっきりと申しました」

「では、お父上が亡くなられたと聞いた時は驚かれたでしょうな」

つい、言わずもがなの問いかけをしてしまい、真中は気が差した。それでも志乃は気丈に話を続けた。

「亡骸《なきがら》は矢崎さまと重松家のみなさまが運んで来てくださいました」

戸板に載せられた持田に志乃と圭吾は対面した。

その時の光景が思い出されたのだろう。志乃は言葉を詰まらせた。小さく息を吐いてから志乃は言った。

「父はわたくしと圭吾を安心させるために偽《いつわ》りを申して出ていったのだと思いました」

「お父上は、やはり左内どのに討たれるために果し合いの場に行かれたと思い返されたのですね」

「その時はそう考えましたが……」

引っかかる物言いを志乃はした。

「その時はとおっしゃいますと」

「亡骸を見た当初はわざと討たれたと思ったのです。ですが、矢崎さまのお話を聞き疑問を感じたのです。矢崎さまは正々堂々とした果し合いの末に討たれたと話されました。先ほども申しましたが、左内さまの腕では……」

言葉を止め、志乃の目元が強張《こわば》った。

「つまり、左内どのの剣の腕を思えば、正々堂々と果し合いをしたなら、お父上が討たれるのはおかしいと思われたのですね」

志乃はうなずいた。

「ですが、父の死に遭遇《そうぐう》して動転《どうてん》しておりましたので考えがまとまらず、正々堂々とした果し合いは嘘で、やはり、父はわざと左内さまに討たれたのではと思い返すようになりました。そう思って、気持ちを落ち着けました。父と松本のおじさまにどんないさかいがあったのかはわかりませんが、父は左内さまに討たせたのだと納得しようとしたのです。ですが、口さがない方々から父を誹謗《ひぼう》され……」

志乃は唇《くちびる》を噛み締めた。

「お辛いところ、よくお話しくださいました。持田どのの汚名《おめい》をそそぐべく、調べてみます」

励《はげ》ますように真中は力強く言い、腰を上げた。

四

その頃、外記は浅草寺《せんそうじ》の奥山《おくやま》へとやって来た。市井に外出する時は、小間物《こまもの》問屋相州《そうしゅう》屋《や》の隠居重吉《いんきょじゅうきち》と称《しょう》している。隠居ということで白髪の鬘《かつら》と付け髭《ひげ》を施《ほどこ》し、宗匠頭巾《そうしょうずきん》をかぶって扮装をしている。こげ茶色の小袖に黒の裁着け袴を穿き、右手で杖《つえ》をつき、やや腰を曲げて歩いていた。

奢侈禁止令の中、数少ない盛り場とあって、賑《にぎ》わっている。浅草寺は神君《しんくん》徳川家康《いえやす》以来、将軍の祈願寺《きがんじ》とあって、寺社《じしゃ》奉行も取り締まりを遠慮している。

外記もくつろいだ気分となり、大道芸《だいどうげい》を楽しみ、茶店できなこ餅《もち》を食べてから、奥山を後にした。浅草寺を出ても多くの寺院が軒を連ねている。薄曇り、小路を木枯《こが》らしが吹きぬける。寺院の瓦《かわら》は破損《はそん》が目立ち、不景気を物語っていた。

それでも、門前町《もんぜんまち》の茶店や料理屋は営《いとな》まれている。水茶屋《みずぢやや》も見受けられるが奢侈禁止令が発令される前にはいた看板娘の姿はない。色気のない殺風景な店は男ばかりがたむろしている。中には昼間から飲んだくれている者もいた。

「馬鹿野郎、なんだってんだ」

伝法《でんぽう》な声が聞こえた。

声の方を見ると数人のやくざ者と見える男たちが一人の若侍を囲んでいる。

「表へ出ろ！」

若侍は喧嘩《けんか》を売った。

「やってやろうじゃねえか。侍だからって、いい気になりやがってよ」

やくざ者は数を頼りに強気だ。

若侍とやくざ者は往来《おうらい》に出た。店の主人がはらはらしている。若侍は酔っているせいか、足元がおぼつかない。

やくざ者の一人が若侍の後ろから殴りかかり、若侍は前のめりに倒れた。そこへ、よってたかって蹴《け》りを浴びせる。

野次馬たちが悲鳴を上げた。

放ってはおけない。

外記はつかつかと歩み寄ると杖でやくざ者の背中を叩いた。

「何、しやがる」

血相《けっそう》を変えて振り返った男の鳩尾《みぞおち》を外記は杖の先で突いた。男は呻《うめ》き、膝からくずおれた。仲間がやられて残るやくざ者はいきり立ち、外記に殴りかかってきた。

左右から同時に突進してきた敵に外記はひょいと腰を落とした。

敵はお互いの顔面を殴りあった。

「馬鹿め」

外記は哄笑《こうしょう》を放った。

野次馬からも笑い声が上がる。怒りと恥辱《ちじょく》で顔を真っ赤に染《そ》めたやくざ者たちは、

「くそ爺《じじい》め」

懐に呑んでいた匕首を抜いた。

目を血走らせじりじりと外記に詰め寄る。刃物を使うやくざ者に野次馬たちも関わりを
恐れ、往来の端へと移動した。

外記は杖を肩に担ぎ敵に向かった。

杖で相手の手首を次々と打ち据える。骨が砕《くだ》ける鈍い音にやくざ者たちの悲鳴が重なる。

「次は足の骨を狙うぞ」

杖でどすんと地べたを叩いた。

やくざ者はすごすごと逃げていった。

「大丈夫ですかな」

外記は若侍を抱き起こし、茶店の中に運んだ。主人に断《ことわ》り、縁台に若侍を寝かせる。

「かたじけない」

痛みと恥辱で若侍の顔は真っ赤だ。

「たちの悪い連中とは関わらぬがよろしいですぞ」

外記の忠告を若侍は黙って聞いた。

「幸い、見かけより傷は浅いですな。骨も大事ないようです」

若侍はしおらしくうなずいた。

「あ、そうだった。うっかりしておりました。わたしは小間物問屋相州屋の隠居で重吉と申します」

外記が名乗ると、

「拙者は……」

若侍は名乗り返すのが礼儀と思ったようだが何故《なぜ》か躊躇っている。素性を明かしたくはない事情があるのだろう。それでも、名乗らない非礼に気がとがめたようで、きちんと座り直すと背筋を伸ばして外記に向いた。改めて見ると、無精《ぶしょう》髭が伸びているものの彫《ほ》りの深い整った顔立ちだ。目尻が下がり、優しげな印象を受ける。

「拙者、肥前浪人、松本左内と申します」

左内は一礼した。

松本左内……

聞いた覚えがある。何処でだったか、あ、そうだ、義助が熱っぽく語った仇討ちを成就させた侍が松本左内だった。左内は肥前諫早藩重松家の家臣、本人に間違いあるまい。

「貴殿《きでん》が評判の松本どのですか」

外記が言うと、左内は面《おもて》を伏せた。

「評判の勇者と会うことができ、うれしいですぞ」

つい、外記も野次馬根性に駆られた。今、江戸の話題をさらっている松本左内と知り合った。しかも、やくざ者から助けたのだ。

と、その勇者が昼から飲んだくれていたのが意外で、加えていくら酔っていたとはいえ、やくざ者にこてんぱんに叩きのめされたのも驚きだ。

無精髭がいかにも浪人暮らしのようで、どうしてだか諫早藩に帰参していないようだ。

それにしても、このすさみようは気になる。

「松本どの、仇討ちの快挙、お見事でござりましたな」

外記の賞賛《しょうさん》の言葉にも左内は浮かない顔のままだ。

「帰参は叶《かな》ったのですか」

左内は首を左右に振って、

「まだでござる」

と、呟いた。

「ほう、何故ですかな」

「まあ……その、色々ありまして……あ、そうだ、どうでござる。助けて頂いたお礼に一《いっ》献《こん》、いずれかの料理屋にて」

左内は杯《さかずき》を傾ける真似をした。

「いやいや、お気持ちだけ頂戴します」

「まあ、よいではござらぬか」

酔っ払いの常とはいえ、左内はしつこい。目が尖《とが》り、口調が乱暴になった。

「わたしは下戸《げこ》でしてな、酒は一滴も飲めないのですよ」

正直に告げると、

「ほう、それは残念。ですが、酒は飲めなくとも美味い料理を召し上がってくだされ」

「いや、まこと、そんなにして頂く義理はござりませんので、折角《せっかく》のお誘いですが、ご辞退申し上げます」

丁寧に外記は断った。

すると、左内は立ち上がり、

「ならば、これを受け取ってくだされ」

と、財布から無造作《むぞうさ》に小判《こばん》を取り出すと外記に押し付けた。

「あ、いや……」

拒否したが、左内は逃げるようにして去っていった。

「まったく」

掌《てのひら》に残された小判は五枚だ。

「困ったな」

五両こそ受け取るいわれはない。こんなことなら料理屋に付き合えば良かった。

それにしても、松本左内、懐具合はいいようだ。諫早藩重松家から帰参に向けての支度《したく》金《きん》でも貰ったのだろうか。その金で、気儘《きまま》な暮らしを楽しんでいるのかもしれない。仇討ちを果たした安堵や達成感もあるだろう。

遠からず帰参するだろうから、頃合を見計らって藩邸を訪ね、この金を返そうと外記は思った。

そこへ、

「あの……」

物腰の柔らかい中年男が声をかけてきた。紺色の着物を着流し、萌黄色《もえぎ》の派手な羽織を重ね、手拭《てぬぐい》を吉原《よしわら》被りにしている。満面の笑みで、

「松本さまをお助けくださり、ありがとうございました」

丁寧に頭を下げると向かい合わせの縁台に腰かけた。

「あたしは読売屋の豊年屋稲太郎《ほうねんやいねたろう》と申します」

滑《なめ》らかな口調は、いかにも読売屋らしく口達者そうな男だ。

「読売屋さんが何の用ですかな」

外記は警戒した。

稲太郎は主人に茶ときなこ餅を頼んだ。

「下戸と耳にしましたので、甘い物なんぞ、お召し上がりください」

さすがに気が回る男だ。主人が運んでくる前に、稲太郎は盆を受け取り外記の横に置く。にこにこと笑いかけながらきなこ餅を勧める。他の茶店で出されるよりたくさんのきなこが使ってある。きなこの甘味が餅の柔らかさを包み込んでいる。絶妙のお茶請《う》けと言えた。

茶を飲み、ほっと一息吐《つ》いたところへ、

「ご隠居さま、一つお願いがございます」

と、稲太郎は揉み手をした。

「読売になるような話など持ち合わせませんぞ」

「読売ではございません。今の松本さまの無様《ぶざま》なやられよう、黙っていて頂きたいのです」

「もちろん、吹聴《ふいちょう》する気はありませんぞ」

「ありがとうございます。では、お礼をさせてください」

稲太郎は財布を取り出した。

「いや、無用です」

強い口調で外記は断った。稲太郎が動きを止め、外記を見返す。

「いりませんぞ」

念押しをすると稲太郎は財布を懐中《かいちゅう》に仕舞った。

「それよりも、わけを訊きたいですな。松本さまがやくざ者にやられたと知られて、どうして豊年屋さんが困るのですかな」

外記に問われ稲太郎は困ったように口を閉ざした。

無言で外記は促す。

二度、三度首を縦に振ると稲太郎は口を開いた。

「実はですよ、松本さまには多額のお金を使っておりましてね、その代わりに松本さま絡《がら》みの話題はうちで独占しているんです」

左内を稲太郎は囲い込み、読売の記事にするばかりか、絵草紙《えぞうし》にも仕立てているそうだ。それればかりではない。左内の仇討ちを絵師に錦絵《にしきえ》に描いてもらい、左内の絵柄を染め上げた手拭を作り、双六《すごろく》、凧《たこ》、人形にもして売り出し始めた。

「なんともはや、商い上手ですな」

呆《あき》れる反面、外記は稲太郎の逞《たくま》しい商魂《しょうこん》に感心した。

「それにしても、よくも、仇討ちで話が続くものですな。読売で書き尽くしたのではありませんかな」

外記が疑問を呈《てい》すると、

「これをご覧ください」

稲太郎は懐中から読売の束を持ち出した。それらは外記が読んだことのない読売であった。「松本左内　仇討ち快挙録　回国修行山陽道《かいこくしゆぎようさんようどう》編」とある。

「これはですね、松本左内さまが肥前諫早を出、お父上の仇を討つべく江戸へ来る間、剣の修行をした過程の物語なのですよ」

読売には松本と武芸者の絵が描かれ、回国修行で立ち寄った先の剣豪たちとの勝負が物語られていた。

「読売では、触《さわ》りだけを載せているんです。物語りを絵草紙に仕立てて読んでもらうんですよ」

なるほど、読売は絵草紙の宣伝《せんでん》になっているようだ。

「それにしても派手な絵ですな」

左内は眉目秀麗《びもくしゅうれい》な美剣士、相手は猛々《たけだけ》しい猛者《もさ》ばかりだ。

「こりゃ、売れますよ」

へへへと稲太郎は下卑《げび》た笑いを浮かべた。

「ところで、この修行談はまことですか」

外記が問いかけると、

「まさか、本当の訳はありませんよ」

悪びれもせずに稲太郎は否定した。

こんなにお強いお方ならやくざ者にのされるはずはございませんとも、しゃあしゃあと言ってのけた。

修行談は稲太郎の創作だと認めた。

「とは言っても、松本さまには凜々《りり》しい勇者然としていてくださらないと困るのです」

稲太郎は言った。

昼間から酒をくらってやくざ者と喧嘩に及び、叩き伏せられたとあっては勇者の名がすたるということだ。勇者松本左内という虚像《きょぞう》は稲太郎によって創《つく》り上げられ、それが本人を離れて一人歩きを始めているようだ。

左内の懐が豊かなのは、稲太郎から礼金《れいきん》をもらっているからだ。

「松本さま、仇討ちを遂げ、重松家に帰参はなさらないのですか」

外記は気になることを尋ねた。

「ええ……いずれは、帰参なさるでしょうがね」

稲太郎もわからないようで首を捻《ひね》った。

「どうして帰参なさらないのですかな」

余計なお世話だが、松本左内という男に興味を抱いた。

「あたしも、何故だかはわかりませんが、松本さまから当分帰参する気はないとお聞きしましたんでね、お近づきになって、こうした仕掛けを施しているんですよ」

「銭、金のためですかな」

「そうなんじゃないですかね。なにしろ、これだけ稼《かせ》げる仕事なんて、不景気な世の中でそうありませんからね」

きっとそうに違いないと稲太郎は決め付けた。

「松本さまと会わせてくださらぬか」

外記が頼むと、

「ど、どうなさろうっていうんです」

今度は稲太郎が警戒心を抱いた。

「五両を返したいのです」

左内から押し付けられた五両を見せた。

「ご隠居さま、もらっておいた方がよろしいのではございませんか。松本さまだって、お礼のつもりで差し上げたのですからね。それにお武家さまが一旦《いったん》懐から出した金を返してもらうなんて沽券《こけん》に関わる……いや、今時、そんなお侍は珍しいですかね。ま、それはともかく、貰っておいたらいいと思いますよ」

「いや、五両も頂戴するいわれはございません」

稲太郎は困った顔をしていたが、

「わかりました。では、明日、あたしの店に来て頂けますか」

明日の昼から、豊年屋で左内と打ち合わせがあるのだとか。その後に、少しの暇を設けますと稲太郎は言った。

外記は応じた。

「豊年屋でございますが……」

深川富岡八幡宮《とみおかはちまんぐう》の門前にある店の所在を稲太郎は告げた。

あくる日の昼下がり、外記は深川富岡八幡宮の門前にある豊年屋へとやって来た。

店には大きな縁台が置かれ、読売の他、絵草紙、手拭、双六、凧なども売っている。縁台の奥に小上がりになった座敷があり、稲太郎は左内と熱心に話をしていた。

稲太郎の手には手拭が握られている。鉢金《はちがね》を頭に施し、襷《たすき》がけになった左内が刀を大上段に振りかぶった絵柄である。

「これ、中々、勇ましいでしょう。売れますよ」

嬉々《きき》として稲太郎は語りかけているのだが、左内は聞いていないようで目はうつろだ。

昨日よりも無精髭が濃くなっている。眉目秀麗の美剣士とは別人だ。

「何かご注文がありましたら承《うけたまわ》りますよ」

稲太郎は問いかけたが、

「いや、よい。任せる」

左内は投げやりだ。

ここで、

「御免」

と、外記は声をかけた。

「これは、ご隠居さま、ご覧になってください。この手拭……素晴らしい出来でございましょう」

満面の笑みをたたえ、稲太郎は手拭を外記に見せた。外記はお義理で手に取り、

「うむ、いい具合ですな。若い娘に売れそうですすぞ」

と、褒《ほ》めた。

左内は眉間に皺を刻み外記を見た。やがて外記を思い出したようで軽く頭を下げた。どうやら左内は目が近いようだ。

外記が視線を向けると、稲太郎は腰を上げ、帳場机《ちょうばづくえ》に向かった。

「昨日はまこと、ありがとうござった」

改めて左内は礼を述べた。

「まずはこれをお返し致します」

外記は紫の袱紗《ふくさ》で包んだ五両を左内の前に置いた。左内は躊躇う風だったが、では、と袱紗を広げ小判を受け取った。

「本日、お会いしたかったのは五両の返金の他に、少々、気になることがございまして

な」

外記は少し間を置いた。

「拙者が読売の記事とは違う、ぐうたら者であると呆れておられるのでしょう」

左内は自嘲《じちょう》気味《ぎみ》な笑みを浮かべた。

「いや、呆れるというより、疑念を抱いております。お父上の仇討ち本懐を遂げられ、何故、重松家に帰参なさらないのですか」

ずばり問いかけた。

「それはですな……」

左内は言い淀んだ。

「深い事情があるようですな。わたしとしたことが、立ち入ったことをお訊きし失礼しました」

遠慮すべきではないかと外記は迷った。

幸い左内は打ち明ける気になってくれたようで、外記に向き直った。

「いや、その、深い事情と申しますか、なんと申せばよいか、帰参することが怖いのです」

「怖いとは……」

「重松家がと申しますか、父のことも何だか怖くなりました」

よくわからない説明を左内は加えた。

「お父上は殿さまの馬廻り役でしたな。仇の持田加兵衛も同役であったと」

「その通りです」

その点は稲太郎も偽っていないようだ。

「しかし、役目の実態は別物であったのです」

恐怖に駆られたようで左内は身をすくめた。

「馬廻り役ではなかったのですか」

「馬廻り役には違いないのですが、加役《かやく》があったのでござる」

ようやく聞き取れるような小声で左内は答えた。

「ほう、どのような」

口調に力が入ってしまった。

「探索……」

相変わらず左内はぼそっとした声だ。

「探索とはどのような……たとえば、領内で何らかのとがを犯した者を追尾《ついび》する、というような役職ですか」

「それもありますが、そうですな……御公儀の役職で申せば、御庭番。重松家では萬雑説方と称されております」

左内にその意図はなかったのだろうが、御庭番という言葉に外記はどきりとした。

「御庭番というと、萬雑説方は殿さま直属の忍びということですかな」

左内はうなずき、

「役目遂行《すいこう》の場は国許よりも江戸が中心です。父も持田どのも共に深川の抱屋敷で役目を担っておったのです」

「探索とはどのような」

「いや、それは……」

右手を横に振り、左内は口をつぐんだ。

「これは失礼しました。役目の中味までは話せるものではありませんな」

外記は一礼した。

「むろん、御家の秘密を表に出すことはできませぬが、それに加えて拙者は父から何も聞かされておりませんでした。役目の中味どころか、萬雑説方などという役職があることさえです。父は頭取、持田どのは副頭取であったそうです」

左内の言葉に嘘はないだろう。藩主直属の諜報活動を担う者は、役目上知りえた秘密を口外《こうがい》してはならない。真実の身分すらも家族に漏らさなかったとしても不思議はない。

「すると、持田さまがお父上を騙し討ちにしたのは国許ではなく、江戸でしたか」

「いかにも、深川の抱屋敷でした。拙者は長崎で蘭学を学んでおりました」

「すぐに江戸で仇討ちの免状を取得なさったのですかな」

「いや、それは」

またしても歯切れが悪くなった。

「いかにされましたか」

「いや、その……拙者、仇討ちをするつもりはなかったのです」

「持田さまを恨まなかったのですか」

「恨みというよりも困惑したのが正直な気持ちです。拙者にとって持田どのは親戚《しんせき》ではなくとも、叔父《おじ》のような存在。幼い頃より、ずいぶんと可愛がってもらいました。それに、持田どののご息女志乃どのは許婚であったのです。今年の春には祝言を挙げるところでした」

「それは……」

左内の心中を思えば、悩み苦しんだであろう。

「叔父のように信頼していた持田さま、それに妻となるはずであった志乃どのを思い、仇討ちをする気になれなかったのですかな」

「それもござるが、拙者にはどうしても持田どのが父を殺す、ましてや騙し討ちにするなど、信じられなかったのです」

父左衛門と持田加兵衛は若かりし頃より肝胆相照《かんたんあいて》らす仲、剣の腕は互角《ごかく》であった。歳が一つ上ということで持田は左衛門を常に立ててくれていたという。

「御家からの説明はどのようなものでしたか」

外記の問いかけに左内は首を左右に振り、

「矢崎兵部どのが説明をしてくれました。矢崎どのは萬雑説方に属し、父と持田どのがいなくなった後の頭取となっております」

矢崎によると、事件の起きた三日程前から左衛門と持田の仲がぎくしゃくとしたのだそうだ。何故不穏な関係となったのかは、想像はつくが、話せないとのことだった。

「役目遂行に当たって、意見の食い違いが生じたようです」

事件が起きた当日のこと、大きな口論があったということだ。

「役目上の意見の食い違いから、持田さまは激情に駆られてお父上を殺した、ということですな」

「矢崎どのの話ではそういうことでした」

「お父上殺害の後、持田さまはどのようになさったのですかな」

「潔く自分が父を殺したと藩庁に申し出ました」

持田は自分の身を藩庁の裁定に委《ゆだ》ねた。

「藩庁は多年に亘《わた》る持田どのの功績に免《めん》じ、尚且《なおか》つ、今回の一件はあくまで私闘であるとの判断から、切腹はさせず奉公構、つまり、御家を去らせたのです。拙者も持田どのの処分に関しては異存ございませんでした。ただ、直に持田どのから話を聞きたかったのですが、それは許されませんでした」

役目上の秘密事項に触ることになるからだと矢崎は言ったそうだ。

左内は江戸に行くことは許されなかった。

従って、持田から事件のことを聞くことはできなかったそうである。

「ということは、お父上斬殺《ざんさつ》の一件はそこで一旦落着したのですな」

「さようです」

持田とも音信不通になったそうである。

「それが、仇討ちをなさろうと思い立たれたのはいかなる訳ですか」

外記は目を凝らした。

「二月《ふたつき》程前でした。江戸の藩邸から直ちに出府せよとの命が届いたのです」

「理由はどのようなものでしたか」

「記されておりませんでした。ただ、江戸への出府を命ずるものだったのです」

藩命には逆らえず、困惑しながらも左内は長崎を旅立ち、江戸藩邸に入った。

「待っていたのは矢崎どのです。矢崎どのは父の仇、持田加兵衛を討てと申され、仇討ち免状を渡してきたのです」

ついては仇討ちの慣例に従い、一旦重松家から籍を抜くとも言い添えられた。

「どうして、急に仇討ちなど」

外記が首を捻《ひね》ると、

「それは拙者が訊きたいところです。実際、何故、今になって仇討ちなのかと矢崎どのに問いました。矢崎どのは明確には答えてくれず、武士として父の仇を討つのは当然だとの一点張りでした」

矢崎は仇討ち本懐を遂げたなら帰参させるだけではなく、加増《かぞう》する。現在の二百石から五百石に加増し、重役の娘との婚姻も約束したそうだ。

「つまり、重松家での立身《りっしん》を約束されたのですな」

左内は浮かない顔でうなずいた。そこまでして、落着した一件を蒸し返し、仇討ちにして持田の命を奪いたかったということだろう。考えられることは、持田に生きていてもらっては不都合な事態が生じたということだ。萬雑説方の役目上、家中の極秘情報が関係しているのではないか。

外記の心中を察したように、

「ご隠居は役目上、持田どのが御家の極秘事項を知っておるため、御家としては仇討ちに事寄せて口封じをしたかったと疑われておられるのでしょう」

「さようです」

「それでしたら、持田どのが父を殺した時に、切腹をさせるはずではござらぬか」

「その通りですな。では、こう考えてはいかがでしょう。御家の秘密を持田どのが握っていると、その後になってわかった」

「それもどうでしょうか。持田どのは萬雑説方の副頭取でしたから、御家の極秘事項を知る立場にあったのは自明《じめい》の理《り》なのです」

左内の言う通りであろう。

「なるほど、解せませぬな」

外記は付け髭を撫でた。

「ですから、拙者、どうにも帰参する気になれないのです。御家が怖い……矢崎どのは恐ろしいお方です。帰参せず、江戸に来たのを幸い、蘭学者の道を歩もうと思いました。幸か不幸か母も三年前に病で亡くし、姉は昨年に嫁《とつ》いで身内はおりませんからな。松本の家を重松家中に残さずともよいと思ったのです。ところが、鳥居さまが蘭学者を弾圧しておると知り、どうしていいかわからず自暴自棄《じぼうじき》となってしまいました」

左内はため息を吐いた。

「ところで、仇討ちの様子はどんな具合であったのですか」

外記は話題を仇討ちに転じた。

「それが……」

左内はまたも言葉を詰まらせ、ちらっと稲太郎を見た。

外記は、

「この先の稲荷《いなり》で待っております」

と囁《ささや》いてから、

「いやあ、お邪魔しました。松本さま、お辛い思いをなさったのですな。どうかお身体をいとうてくだされ。では、失礼します」

稲太郎に聞こえるように言い置いて豊年屋を出た。

稲荷に入ってしばらくしてから左内がやって来た。やはり、目が近いようで左内は眉間に皺を刻み、外記を探した。こちらですと外記が声をかけると近づいて来る。

「先ほどはすみませんでした」

左内は軽く頭を下げた。

「いや、色々と話し辛《づら》いことを伺い、恐縮です」

外記が礼を言うと、

「ここからが肝心なことなのですが、拙者、持田どのを討ち果たしてはいないのです」

左内は唇を震わせた。

「では……」

外記は深い暗黒のようなものを感じた。

「拙者、矢崎どのより教えられた持田どのの住まいに果し状を送りました。その果し状の日時に現場に到着した時には、既《すで》に持田どのは殺されておったのです」

左内の目は血走った。

「なんと」

これには外記も絶句した。

神無月十日、左内は深川永代橋近くの河岸に行った。時刻は明け六つの鐘が鳴っている最中であったそうだ。朝靄《あさもや》が立ちこめる中、一人の男が倒れているのが見えた。

「持田どのは咽喉《のど》を突かれておりました」

既に事切《ことき》れていた。

「そこへ、矢崎どのが萬雑説方の皆様を引き連れてやって来られました」

矢崎は仇討ちの立会いにやって来たと言った。

「持田どのの亡骸をご覧になり、見事仇討ち本懐を遂げたと、拙者を賞賛なさったのです」

左内は自分の仕業《しわざ》ではないと訴えたが矢崎は聞き入れず、左内が父の仇を討ったと藩邸に報告したそうだ。

「矢崎どのはすぐに帰参せよと申されました。しかし、拙者は仇討ちをしておりませんし、父と持田どのに何があったのか、それがどうも気になって、果し合いの場で持田どのに問い質そうとしたのですが、それも叶わず、今の気持ちではすぐに帰参する気にはなりません、しばらくお待ちくださいと、矢崎どのにはお願いしたのです」

「なるほど、一本筋を通されたのですな。大したものです」

外記が褒めると、

「蘭学者の道を簡単に諦《あきら》めた情けない男です。それどころか、稲太郎どのから金を貰い、いい気になって遊びを覚えてしまいました」

左内は恥じ入るようにうつむいた。

「稲太郎に誘われたのですな」

外記の言葉に左内はうなずいた。

「日々、酒と遊びに身を持ち崩し、稲太郎が創り上げた虚像を生きております。一度も行ったことのない土地、会ったこともない武芸者と剣を交え、討ってもいない仇討ちをやり遂げたことになっておるのです」

左内の愚痴《ぐち》を聞き終えてから外記は疑問を投げかけた。

「持田さまを殺したのは誰でしょうな」

「うかつなことは申せませぬが、矢崎どのか萬雑説方のいずれかの方ではないかと」

左内の考えに外記も賛同したいところだ。

「しかし、持田さまとて矢崎さまや萬雑説方の皆様が果し合いの場に姿を現したのなら、警戒をなさるのではござりませぬか」

「その通りです。持田どのは剣に関しては人後《じんご》に落ちないどころか父と共に家中随一《ずいいち》、肥前白波一刀流免許皆伝の腕でした。その持田どのを倒すとなると、相当な腕です」

左内は言った。

「矢崎さまは剣の腕はいかがでござった」

外記の問いを、

「矢崎どのの剣の腕は存じませぬ。しかし、萬雑説方は表向き殿の馬廻り役、選ばれるのは手練《てだれ》の者に限られております。重松家は伝統的に武芸熱心な家です。拙者も幼い頃より、父から散々仕込まれたのですが、どうにも上達しませんでした」

左内は左内なりに懸命に稽古に励んだのだそうだ。

「中々上達しない拙者を父はひどく叱責しました。そんな拙者を持田どのは庇《かば》ってくださったのです」

持田は左内が武芸よりも学問が好きなことを理解し、学問で身を立てさせてはどうかと、左衛門を説得してくれたのだとか。それでも左衛門は許さなかったため、家を飛び出し長崎に行った。持田は餞別《せんべつ》をくれたそうだ。

後々、持田から左衛門は左内が学者になるのを認めたと文で知らされた。

「持田どのは恩人なのです」

左内は目から涙を溢れさせた。外記は左内が懐紙《かいし》で涙を拭くのを待ち、

「仇討ちがなければ御家ではどのような役目に就《つ》く予定でしたか」

「書物方《しょもつかた》と申しまして、藩校《はんこう》を営んだり、御家の歴史を編纂《へんさん》したり、蘭学などの進んだ学問を取り入れる役目でござる」

諫早から長崎は目と鼻の先であることから、長崎にも通い、蘭学者も講義に訪れるという。なるほど、左内の柔らかな面差《おもざ》しは剣客の姿からは程遠く、学問の道を進んだ方が向いていると改めて思った。

「それが、こんなことになるなど」

運命の変転《へんてん》に左内は翻弄《ほんろう》されてしまったそうだ。

「いや、まこと、お節介《せっかい》なようですが、拙者、持田さまの死について調べてみます」

「いや、ご隠居、それは」

「不都合であればやめますが」

「そんなことはござりませぬが、失礼ながらご隠居に探索などできるのですか。危ないことはお止めになった方がよろしいですぞ」

「商いを通じて懇意にしております町奉行所の同心さまがおりますので……」

「さようですか。ご迷惑にならなければよいのですが」

左内が返したところで鳥居から人影が走りこんできた。

長身で刀を抜いている。日輪を受け、白刃《しらは》が不気味に煌《きらめ》いた。

男はいきなり左内に斬りかかった。

五

咄嗟《とっさ》に外記は左内を突き飛ばした。

左内は地べたに転がる。男の剣は空を切る。次いで、外記は杖で男の鳩尾を突いた。男は刀を落とし、膝からくずおれる。

落ち着いて見ると男は若い。

左内は立ち上がり、男を見返す。両の目が大きく見開かれ、

「圭吾さん……」

と、呟いた。

どうやら左内は若侍を知っているようだ。ということは諫早藩重松家の者であろうか。

圭吾と呼ばれた若侍は左内を睨《にら》み上げた。左内は圭吾に視線を預けたまま、

「持田どののご子息です」

と、外記に告げた。

「よくも父を！」

圭吾は怒鳴った。

左内は唇を嚙み締めた。

圭吾は刀を拾い立ち上がった。最早《もはや》、左内に刃を向けることなく、鞘に納める。

「圭吾さん、聞いてくれ」

左内は語りかけた。圭吾は憤怒《ふんぬ》の形相《ぎょうそう》で左内を睨み返す。唇を固く引き結び、両の拳を握りしめていたが、

「黙れ」

と、腹から押し出すような言葉を投げかけた。次いで、踵《きびす》を返す。そのまま走り出そうとしたが、

「待たれよ」

甲走《かんばし》った声で外記が止めた。

圭吾の足が止まる。

「松本さま、きちんと話されたらどうです」

今度は左内に言った。

左内はうなずくと、

「巷《ちまた》では拙者が持田どのを討ち、仇討ち本懐を遂げたということになっておるが、実は、拙者はお父上を討ってはいない」

「左内さん、今更、何を言う」

圭吾は力《りき》んだ。

向かい合った二人は圭吾が頭一つ左内よりも背が高い。

「何を申しても言い訳になるが、拙者が河岸に赴《おもむ》いた時には、既に持田どのは果てられておったのだ」

「嘘だ」

圭吾は首を左右に振った。

「嘘ではない」

左内は必死の形相で訴えかける。

「どうやって左内さんの言葉を信じろというのですか」

圭吾の目が充血した。

「むろん、証はない。だがな、考えてみてくれ。拙者が持田どのを斬ることができると思うか。持田どのはわが父と共に家中で一、二を争う剣客であられた。対して拙者は圭吾もよく知っておるように、まるで武芸は駄目、実際、こちらのご隠居がおられなかったら、そなたに斬られておっただろう。そんな拙者が持田どのを討てると思うか。情けない話だがな」

自嘲気味な笑みを浮かべ左内は語り終えた。

思案するように圭吾は口を閉ざしていたが、

「助っ人だ。大勢の助っ人を連れ、果し合いの場に臨んだのだ」

圭吾は言い張った。

「違う。助っ人など頼んではおらぬ」

強い口調で左内は否定した。

「嘘に決まっている」

圭吾は受け入れない。

「まこと、拙者は一人で果し合いの場に赴いたのだ」

真剣な眼差《まなざ》しで左内は訴えかけたものの、圭吾の目は疑念に彩《いろど》られたままだ。

ここで外記が、

「お父上の亡骸の刀傷をご覧になられましたかな」

圭吾は目をしばたたいた。

「複数の刀傷がございましたかな」

外記は畳み込む。

圭吾は小さく首を左右に振り、

「咽喉を一突きにされておりました」

「助っ人がおれば、傷は一つということは考えにくいですな。乱戦となりましょうから、刃を交える内に、致命傷となった傷以外にも複数箇所に刀傷を負うはずですぞ」

「それは……」

圭吾の目が鋭く凝《こ》らされる。

外記は続けた。

「今の時節、大川の河岸、明け六つの頃は朝靄が立ち昇っております。咽喉を突くとなりますと、相手の懐に飛び込む必要がありますな。持田さまの背丈《せたけ》はどれほどでござりましたか。圭吾さまは長身、お父上も相当に上背《うわぜい》があったのではござらんか」

「わたしと同じ、五尺八寸（約一七六センチ）ばかりでござった」

圭吾は答えた。答えようが素直になっている。外記の問いかけを受け入れ始めたようだ。

「対して、松本さまは……」

問いかけるまでもなく、左内は短軀《たんく》だ。

「拙者、五尺（約一五二センチ）と少々でござる」

左内は答えた。

「すると、頭一つ、圭吾さまが高い。当然、腕の長さも歴然《れきぜん》と違うでしょう。咽喉を突くには居合いのように斬る直前まで刀を鞘に納めている訳には参りませぬ。抜刀した上で、相手との間合いを詰めねば……」

外記は言った。

圭吾は黙り込んだ。

「それに、左内さま、目が近うござるな。普段は眼鏡をお使いか」

外記の問いかけに、

「その通りです」

左内は懐中から眼鏡を出してみせた。

「朝靄、朝露で眼鏡は曇る。眼鏡を外せば、視界は悪くなる。そんなことではとても、百戦錬磨の持田さまの懐に入る余地はござりませんぞ」

外記の言葉を待つまでもなく、

「ならば父は誰に」

圭吾はわなわなとおののいた。

「お父上の死もこのように謎めいておりますれば、お父上が松本左衛門さまを騙し討ちにしたことにも裏がありそうですな」

「父は騙し討ちなど絶対にしません」

断固とした口調で圭吾は言い立てた。

「拙者もそう思うのだ」

左内も賛同した。

困惑と怒りで圭吾の身体が震えた。

「圭吾さん、こんな拙者が申すのもなんだが、共にわが父とお父上の死を探ろうではないか」

左内の申し出を、

「そうだ、是非《ぜひ》やりましょう。父の汚名を返上しないことにはおけませぬ」

圭吾は受け入れたが左内は悔いたように首を強く左右に動かし、

「いや、やはり、圭吾さんは関わらぬ方がよい。二人の死を調べることは重松家中の奥深くに横たわる極秘事項に触ることとなる。危険極まりない。そんなことを圭吾にさせられぬ」

「危険を承知でわたしは確かめたいのです」

圭吾は言い張った。

左内は駄目だと拒絶《きょぜつ》した。若いだけに露骨に不満を顔に出した圭吾に、

「姉上さまがおられるとか」

外記は問いかけた。

左内の顔が微妙に翳《かげ》った。

「姉上さまも左内さまのことを誤解しておられるでしょうな」

外記は言った。

「姉は左内さんを特に悪し様には申しておりませぬが、内心では……」

曖昧な圭吾の答えに左内は唇を噛んだ。

「わたしから、今日のことは話しておきます」

圭吾は一礼して立ち去った。

「弟御、やはり、誤解をしておったようですな。しかし、その誤解が晴れて、とりあえずはよかったではありませんか」

「ご隠居のお陰です。ご隠居、あなたは一体何者ですか」

左内は外記に向き直った。

「ですから、小間物問屋の隠居、多少、人よりも好奇心が強くお節介な爺です」

「まことですか。拙者には普通の人とは思えませぬ」

「ま、よいではございませんか。好奇心の強いお節介な爺で。それより、問題は矢崎さま率いる萬雑説方ですな。根城は深川の抱屋敷と申されましたが、深川の何処ですか」

外記の問いかけに、

「佐賀町《さがちょう》の一角にござる。重松家出入りの廻船問屋肥前屋の御屋敷であったのを買い上げておるのです。表立っては御家出入りの商人の管理をする役所ということになっております」

「なるほど、つまり、そこには品々と共に様々な雑説も集まるというわけですな」

雑説、すなわち、情報が集まるということだ。おそらくは、長崎からの情報も多々入ってくるに違いない。諫早藩重松家、五万五千石の表高だが、実質はよほど裕福《ゆうふく》なのではないか。

「お父上が命を落としたのもそこであったのですな」

「いかにも」

「人の出入りも多いでしょうな」

「出入り商人ばかりか、出入りを願う商人も多うござる」

「それは何故ですか」

「御家の財政を好転させるために、毎年入れ札をやっております。入れ札に参加を願いたい商人たちが売り込みにやって来るのです」

「なるほど」

さもありなんだ。

「抱屋敷を実質取り仕切っているのが肥前屋の主人九右衛門《きゅうえもん》です。実は拙者も九右衛門の世話で長崎に学ぶことができました」

「できる男なのですな」

「できる商人だけに、あくが強いですが」

左内は苦笑を漏らした。次いで、ふと思い出したようにはっとして、

「屋敷には萬雑説方の方々が詰めておりますので、道場も備わっておるのです。肥前白波一刀流の武名を聞き、腕自慢の者たちが道場破りにやって来るそうです」

と、言い添えた。

武芸熱心な御家らしく、道場破りを追い返さず、手合わせに応じるそうだ。

六

外記は左内と別れ、右腕と頼んでいる闇御庭番の村山庵斎《むらやまあんさい》を訪ねようとした。神社を出て浅草《あさくさ》方面へと向かう。

ふと、背後に殺気を感じる。外記は足を速《はや》め、四辻《よつつじ》を曲がった。複数の足音がついてく

る。

辻の先は行き止まりとなっていた。

やおら、外記は振り返った。

侍が五人近づいてくる。羽織、袴の身形《みなり》は整っている。いずれかの大名家の家来であろうか。となると、諫早藩重松家ではないか。

「重松さまの御家中の方々かな」

外記は問いかけた。

五人は返事をしない。

「わたしは小間物問屋相州屋の隠居で重吉と申します」

名乗りながら丹田呼吸を繰り返した。全身に血潮が駆け巡り、気力と体力が充実してくる。

やおら、五人は抜刀した。

日輪を受け、抜き身がきらりと光った。

「何故、わたしをお斬りになりますか」

この問いかけにも相手は答えない。

右手の杖を地べたに置く。

鼻から息を胸一杯に吸い、それをゆっくりと吐き出す。身体中の精気が丹田に蓄積されてゆく。

五人は横並びとなって外記との間合いを詰めてきた。

五人の背後、天水桶《てんすいおけ》の陰に二人の侍が身を潜ませているのが見えた。六尺（約一八二センチ）近い長身で痩せぎすの男と、五尺に満たない短軀ででっぷりと肥え太った男だ。二人は五人の目付役なのかこちらの様子を窺っていた。

五人が斬りかかってきた。

腰を落とし、外記は右手を開いて、

「でやあ！」

と、野太い声を発するや前方に突き出した。

時節外れの陽炎が立ち上り、五人が揺らめいた。次いで、金縛りに遭ったように動きが止まったのも束の間、相撲取りの張り手を食らったように後方に吹き飛んだ。

五人ばかりか長身と短軀の二人も後ろに弾け飛んだ。

五人の目的を確かめようと歩き出した時、

「大変だ、喧嘩でござるぞ」

地べたを転がりながら長身が大きな声を上げ、

「斬り合いだぞ」

短軀も騒いだため、野次馬が集まってきた。五人は慌てて立ち上がり刀を鞘に戻すと逃げてゆく。長身と短軀も人込みに紛れた。

重松家の者たちと考えていいだろう。

襲ってきたわけは松本左内に近づくなということか。

外記の推測通り、五人の侍は重松家中の者だった。襲撃の後、深川佐賀町の抱屋敷に五人は戻り、屋敷内にある萬雑説方の道場に入った。江戸における肥前白波一刀流道場を兼ねている。

萬雑説方頭取、矢崎兵部は紺の胴着《どうぎ》を身に着け見所《けんじょ》に座っていた。白波一刀流道場は萬雑説方の頭取が師範を務める。ところが、師範というのに矢崎は胴着の胸元をはだけ、正座ではなくあぐらをかいていた。

五人は神妙な面持ちで矢崎の前に正座をする。

そこへ、長身と短軀が入って来た。

「大和《やまと》、諸田《もろた》、ご苦労」

矢崎がねぎらうと二人は五人の後ろに座った。長身は大和一郎太《いちろうた》、短軀は諸田庄介《しょうすけ》、共に萬雑説方である。

「五名の者、どうであった」

間延びした顔で矢崎は大和に問いかけた。

「駄目、全く、駄目。高々、爺一人にやられたんですからな」

冷笑を浮かべ大和は答えた。五人はうつむいたまま沈黙した。すると諸田が、

「五人を庇うわけではないですが、ただの爺じゃありませんでしたよ。大和氏《うじ》、見ただろう。あの技……」

と、立ち上がって右手を広げて突き出して見せた。大和も、

「ああ、あの技なあ……五名の者、ふっ飛んでしまったのですよ。五人ばかりじゃない。わしと諸田氏まで……いやあ、凄《すご》かったなあ。で、お主《ぬし》ら、あの技を間近に見ただろう。一体、あの爺、どんな手を使ったのだ」

問われても五人は狐《きつね》につままれた思いだと答えた後、金縛りに遭ったと思ったら強烈な張り手を食らった相撲取りよろしく土俵の外に飛んでしまったと証言した。

「なるほど、珍妙な技じゃな。その爺、松本左内に近づいておるのだな」

矢崎に問われ、大和と諸田がそうだと答えた。

矢崎はしばし思案の後に大和と諸田に問いかけた。

「その爺、鍋島家中の隠密ではないのか」

大和も諸田もわかりませぬと首を捻った。

「用心せねばならんな。松本左内の仇討ちで当家の評判が上がったのだ。その当家の評判を貶《おとし》める目的で爺が左内に近づいておるとしたら、邪魔だ。始末せねばならんぞ。鍋島家中の者どもも、この抱屋敷を探っておるのだ。当家の秘密、嗅ぎ当てぬとも限らぬ」

矢崎は危機意識を高めろと注意を喚起《かんき》したのだが、言葉とは裏腹にふ抜けた顔つきだ。

五名は神妙に聞き入っていたが大和と諸田はあくびを漏らし、大和は諸田に背中を掻かせている。上役、師範に対する態度ではないのだが矢崎は叱責を加えることなく、

「五名の者、不合格じゃな。妖術じみた技を使う爺相手とはいえ、仕留められなかったのだ。萬雑説方には採用できぬな」

矢崎の裁定に文句を言う者はいない。

矢崎は大和と諸田に向かって指を四本立てた。

大和と諸田は立ち上がる。五人は震えながら肩を寄せ合った。

「立てよ」

大和は声をかける。

おずおずと五人は立ち上がった。

大和は無造作に左右の手を伸ばした。二人の咽喉を左右の手が摑む。

「はい、不合格」

声をかけるや大和は両手に力を込めた。二人はうめき声を漏らすと膝からくずおれた。

諸田は跳躍《ちようやく》した。四間も飛び上がり、落下するや自分より頭一つ高い男の額に頭突きを浴びせた。相手は仰向《あおむ》けに倒れた。次いで、もう一人の下腹に頭突きを立て続けに三発食らわせた。相手は口から血を流し、絶命した。

残った一人は恐怖に引き攣《つ》った顔で立ち尽くす。

矢崎が、

「服部小次郎《はつとりこじろう》、おまえにはもう一度機会をやる。鍋島家の探索方頭取、橋本啓太郎に近づき、この屋敷に鍋島家の宝、太閤秀吉下賜の太刀があると伝えろ。紅寅党から買い取ったらしい、とな」

「は、はい」

「おまえは、重松家萬雑説方の矢崎兵部に恨みがあり、矢崎の悪事を鍋島家に暴き立ててもらいたいと持ちかけるのだ」

「承知しました」

「渡りに舟と鍋島家に寝返ったらどうなるかわかっておろうな。国許の家族は磔刑《たつけい》、当然ながらおまえ自身の命はない。たとえ、鍋島家に匿《かくま》われようが、地の果てまで追いかけ、殺す、いいな」

この時も矢崎はのんびりとした口調で告げた。それでも、服部には十分過ぎる恐怖心が湧き上がったようで、

「わかっております」

必死の形相で答えた。

「下がってよいぞ」

矢崎に言われ、服部は深く一礼して立ち去った。

大和が、

「鍋島の連中、当家を探っておるのですか」

「九右衛門がな、教えてくれた」

矢崎の言う九右衛門とは重松家が抱屋敷を買い上げた廻船問屋肥前屋の主である。

「九右衛門が何と」

大和に問われ、

「九右衛門が使っている荷揚《にあ》げ人足たち、鍋島の犬のようだ」

肥前屋は重松家だけでなく鍋島家の荷も運搬《うんぱん》している。鍋島家には老舗《しにせ》の廻船問屋がお

り、新興《しんこう》の肥前屋は割りの悪い仕事ばかりを回されるため鍋島家に不満を抱いている。重松家には荷の運搬全てを任されているため抱屋敷も買ってもらい、好意的だった。

その九右衛門が鍋島家の荷揚げにも使っている人足たちがいて、彼らが荷を重松家の土蔵に運んだ際、わざと鍋島家の家宝らしき豪華な拵《こしら》えの太刀を見せた。九右衛門は模造《もぞう》品《ひん》だとその場は誤魔化したが、その後人足らが鍋島家の橋本と密会するところを確かめたという。

「鍋島の藩邸から消えた太閤秀吉下賜の太刀を餌に鍋島の犬どもを誘い出してやるぞ」

「それは面白いですね。太閤秀吉の太刀は鍋島と龍造《りゅうぞう》寺因縁《じいんねん》の品ですからなあ」

面白いと大和は繰り返した。

天正十五年（一五八七）、豊臣秀吉は九州を平定《へいてい》し、肥前は龍造寺政家《まさいえ》に与えられた。その際、秀吉は龍造寺の重臣、鍋島直茂を重用し、肥前三十五万石の内、息子勝茂《かつしげ》と合わせて四万四千五百石を与えた。同時に直茂は秀吉から太刀を授かった。鍋島が龍造寺に代わって肥前の太守となるきっかけとなった記念すべき太刀であった。

「鍋島家の橋本は人足の話から太刀が当家の土蔵にあるかもと疑い出した。鍋島家出入りの廻船問屋から肥前屋が抜け荷に手を染めておるという噂も耳にしたようじゃ。肥前屋に抜け荷をやらせておるのは当家だと疑い、証を摑んだら幕閣に訴えるかもしれん。よって、先手を打った。老中水野越前の目を鍋島に向けてやったのじゃ。鍋島家探索方の橋本も水野の政策、長崎周辺を天領にすることに危機感を抱いておる。わしが水野に接近したことで減封の危機意識を高めただろう。家宝でおびき出し、橋本らを始末してやるとするか」

矢崎の言葉を受け、

「やろう、やろう」

諸田は子供のようにはしゃぎ、

「少しは骨があるといいのですがな」

大和も楽しみだと言った。

「幕閣ども、当家がこの二、三年、嵐によって領内が甚大な被害を受けたこと、よう知っておる。台所を改善するため抜け荷を疑われても当然、そこへ当家より遥かに大きな獲物、鍋島を与えてやれば、目がそちらへ向けられるというものじゃ」

のほほんとした顔で矢崎は見通しを語った。

七

外記は浅草田原町《たわらまち》の長屋にある村山庵斎の家にやって来た。

「これは、お頭。近頃はとんと顔をお出しになりませんな。お役目がないのですな」

それは平穏な証と庵斎は言い添えた。

村山庵斎、表向きは俳諧師《はいかいし》を生業としている。歳は外記より五歳上の五十五歳。焦げ茶色の宗匠頭巾を被り、黒の十徳《じっとく》、袴に身を包んでいた。口と顎《あご》に豊かな白い髭を蓄《たくわ》え、柔和な目をしている。外記とは四十年以上のつき合いで、あうんの呼吸で意思疎通《そつう》のできる男だ。

「お頭、腹は空《す》いておりませんか」

と庵斎に言われ、外記は空腹を感じた。

「何かあるのか」

「五目飯《ごもくめし》を炊きましたぞ」

庵斎は笑みを浮かべた。

「そうか、ならばもらおうか」

返事をした途端《とたん》に生唾《なまつば》が湧いてきた。庵斎は台所に下り、手早くお櫃《ひつ》から丼《どんぶり》に五目飯をよそって来た。飯に散らした葱《ねぎ》と刻み海苔《のり》が香り立っている。外記は箸を受け取り、海苔と葱を除《よ》けた。鮑《あわび》、揚げ麩《ふ》、椎茸《しいたけ》が飯と一緒に炊き合わされ、三つ葉《みつば》、芹《せり》、金糸玉子《きんしたまご》が散らされている。

五目飯は骨董飯ともいう。骨董には寄せ集めという意味があることから、色とりどりの食材を混ぜ合わせて炊き込む五目飯を称するようになった。

外記は一口食べた。

椎茸の風味が出汁《だし》となって程よい甘味をもたらし、それぞれの食材の味を引き出している。思わず笑みがこぼれる。幸せな気分に浸《ひた》り、二口目からは夢中になってかき込み、あっという間に平《たい》らげ、二膳目をお代わりした。

二膳を胃に納めたところで庵斎に向く。

「役目ではないのだが、気がかりな一件があるのだ」

「ほう、お頭が興味を持たれるのですから、わたしも興味を抱きますな」

庵斎は頬を綻《ほころ》ばせた。

「実はな、庵斎も存じておろう。大川端での仇討ち本懐」

「むろん存じておりますぞ」

庵斎は頼まれもしないのに、帳面を取り出し、

「あの快挙を耳にしまして、捻ってみましたぞ」

と、俳諧を三つばかり示した。

「仇討ちや神無月《かみなしづき》に神の導き、大川に時節外れの桜かな、快挙に咲いた江戸の徒花今盛り、

か」

　声を出して外記は句を読んでから、

「その仇討ち快挙なのだがな、意外なことに裏がありそうなのだ」

「お頭……句なのですがな」

　庵斎はそれよりは、句の出来を評価して欲しいようだ。それでもかまわず、

「大きな闇が諫早藩重松家にはある」

　外記は言い添えたのだが、

「諫早は風光明媚《ふうこうめいび》なところでございますな。若い頃、長崎に行く途中、寄りました。海がきれいで」

　庵斎は句を捻ろうとしてか、諫早の風景を思い浮かべたようだ。

「諫早の地は風光明媚なのだがな、その地を治める諫早藩重松家の闇は深そうということだ」

「ほう、それは」

　ようやく現実に引き戻され、庵斎は表情を引き締めた。

　外記は松本左内との出会いから持田加兵衛による、松本左衛門騙し討ち、左内による持田加兵衛仇討ちについて語った。

「ほう、そんなことが……あ、いや、読売は実にいい加減なものとは思っておりましたが、ここまでいい加減な記事を書くとは」

庵斎は憤《いきどお》った。

「おまえだって、読売の記事を鵜《う》呑《の》みにしておったわけではなかろう」

「もちろんですよ。読売なんぞ、わたしは見向きもしません」

庵斎は言った。

ふと、文机を見ると絵草紙がある。外記は手を伸ばし、絵草紙を取った。派手派手しい絵が描かれており、「松本左内　仇討ち快挙録　回国修行山陽道編」とあった。庵斎はばつが悪そうな顔をして、

「まあ、読み物としては中々、面白いので買ってみたのですがな」

「なるほどな。ま、それはよいが、今回の一件の鍵は深川佐賀町にある、諫早藩重松家の抱屋敷なのだが、その屋敷を提供しておるのは、重松家出入りの廻船問屋、肥前屋九右衛門だと睨んでおる。そなた、九右衛門に近づけぬか」

「俳諧で近づきます。というか、懇意にしております廻船問屋から紹介してもらいます」

「そうしてくれ」

外記は頼んだ。

すると、

「御免」

という声と共に真中正助が入って来た。

外記を見ると、

「お頭、探しておったのです」

真中は言いながら入って来た。

「わたしに何か用か」

外記が返すと、

「気になることがございまして」

真中は切り出した。

松本左内の仇討ち騒動に疑念を抱き、持田加兵衛の家を訪ねた経緯を語った。

「なんだ、おまえもか」

外記が噴き出した。

庵斎もこれは奇遇《きぐう》ですな、と口の中でぶつぶつとしたのは、俳諧を捻っているようだ。

真中は外記を見返した。おもむろに外記も松本左内と関わった経緯を説明する。

「ほう、まさしく奇遇ですな」

真中も驚いた。

「そなたは、持田加兵衛を見知っておったのだな」

外記が問いかけると、

「同じ道場で汗を流しておりました。人品優れたお方でありました。剣の腕は元より、騙し討ちにするようなお方では絶対にありません」

言葉の調子を強めて真中は主張した。真中の言葉はこれまでに聞いた持田加兵衛の人柄を裏付けるものであった。

「わたしも松本左内どのから持田どののことは聞いた。まさしく、人格高潔な御仁であったようだな。整理してみると、持田加兵衛による松本左衛門斬りは人品の面からして考えられない、松本左内による持田加兵衛斬りは剣の腕という点であり得ない。もっとも、こちらの方は左内が自分の仕業ではないと言ったことと、持田の斬殺された状況によって、左内の仕業ではないと判明しておる。してみると、松本左衛門殺しは持田の仕業であったのかどうか、仕業であったとしたらその訳を探る、騙し討ちにしてまでどうして松本左衛門を殺さねばならなかったのか。持田の仕業ではないとしたら、真の下手人は誰かということだ。持田殺しの場合は言わずもがな、真の下手人探索である」

外記が言うと、庵斎と真中は承知しましたとうなずいた。

「これからは諫早藩の闇を探ることになるであろう」

外記は言った。

「まさしく」

真中は覚悟を決めたようだ。

「庵斎が肥前屋九右衛門を探るとして、真中は」

外記は思案した。

真中は身構える。

「抱屋敷は重松家の萬雑説方が根城《ねじろ》としておる。探索方は家中でも武芸に秀でた者が選ばれておるそうだ。従って、日頃、武芸の鍛錬を怠《おこた》ってはおらぬ。屋敷内に道場も備えておるそうじゃ。道場には肥前白波一刀流の武名を聞き、道場破りが訪れるそうだぞ」

「ならば、わたしは道場破りを騙《かた》り、探りを入れましょう」

真中は引き受けた。

「うむ、頼む。但《ただ》し、一つ確かめてもらいたいことがある」

外記は言った。

「何なりと」

真中は身構えた。

「持田加兵衛は咽喉を一突きで殺されていたそうだ。どのような技なのか、そのような技の使い手がおるのか」

「咽喉を一突きでございますか」

「いかにも。朝靄の中、五尺五寸の長身、しかも相当な使い手、そんな中、懐に入り込み、一撃で仕留めた。ひょっとして、持田も知らない技なのか、それとも、持田を以《もっ》てしても防げないような凄い技なのか」

「それは興味深いです」

真中は目を大きく見開いた。

「飛び道具ということは考えられませんか」

庵斎が問いかけた。

「それはあるまい。矢ではなし、鉄砲でもない」

即座に外記は否定した。

「益々、興味が湧きます」

一人の剣客として真中は興味を持ったようだ。

「恐るべき使い手が重松家の萬雑説方にはおるということだ」

外記の言葉を受け庵斎が、

「真中どの、無理はなさるな」

と、危ぶんだ。

「心配御無用です。それに、いくらなんでも、道場破りの者に真剣は向けないでしょう」

「だといいのですがな」

「なんだ、庵斎、歳のせいで心配性になりおって」

外記は笑った。

「また、お頭は」

庵斎は苦笑を漏らす。

真中が、

「持田どののご息女、志乃どのは大変に苦しんでおられます。その苦しみを何としても解き放って差し上げたい」

真中らしい生真面目さだ。

「松本左内どのと志乃どのは許婚であったそうだ」

外記が言うと、

「それは、お互いが辛かったでしょうな」

庵斎は顎髭を撫でた。

「どうした、庵斎。何か句でも捻ろうとしておるのか」

外記が言うと、

「それもありますが、持田加兵衛という名前に覚えがございましてな」

「俳諧関係か」

「さよう……」

と、まるで句を捻るように唸り始めた。

外記と真中は庵斎の言葉を待った。

しばらく、庵斎は思案して後、

「ああ、そうだ」

と、手を打った。

外記と真中の視線が集まる。

「持田加兵衛、深川の料理屋夢乃屋《ゆめのや》で開かれる俳諧の会の常連であったのです」

その句会には庵斎が指南役で指導に当たっている。

「その集まりはどのような者たちが集まっておるのだ」

外記が問いかけると、

「江戸城、柳《やなぎ》の間《ま》詰めの大名家の留守居役方ですな」

庵斎は言った。

持田加兵衛は萬雑説方副頭取、探索の役目上、他藩の留守居役と親密になっていてもおかしくはない。

面白くなってきたと外記は付け髭を撫でた。

第二章　道場破り

一

神無月二十二日の昼下がり、義助と小峰春風《こみねしゅんぷう》は浅草寺裏、浅草田圃《たんぼ》の一角にある浄土《じょうど》宗《しゅう》の寺、観生寺《かんしょうじ》を訪れた。

木枯らしが吹きすさぶが冬隣の日輪が降り注ぐぽかぽかとした日和であった。

春風は義助同様、外記配下の闇御庭番である。口と顎に真っ黒な髭を蓄えた中年男である。庵斎と同様、身に着けているのは十徳だ。但し、俳諧師ではなく絵師である。絵は独学だが、その写実的な画風は人であろうと建物、風景であろうと、正確無比に描き出すことができる。

二人が訪れた観生寺の本堂では美佐江《みさえ》という女性が子供たちに手習いを教えている。美佐江は若き日の外記が愛した辰巳芸者、お志摩《しま》に生き写しということに外記は縁を感じ好意を寄せている。美佐江の夫で蘭学者の山口俊洋《やまぐちしゅんよう》は尚歯会《しょうしかい》の会員であったため、鳥居耀蔵が行った蘭学者の弾圧「蛮社の獄《ばんしゃのごく》」に連座して小伝馬町の牢屋敷に繋がれている。夫の帰りを気丈に待ちながら、子供たちに優しく手習いを指導しているのである。

その手習いを手伝っているのがホンファという娘である。名が示すように、深い事情があって香港から渡ってきた。

義助が、

「このところ、お役目がありませんね」

「役目があったらあったで大変ですがな、ないと張り合いがなくっていけませんな」

春風は泥鰌《どじょう》髭を撫でながら答えた。

「でも、お頭は留守がちですよ。それで、てっきりこっちにいらっしゃると思ってやって来たんですがね、美佐江さんもこのところ、ご隠居さんがいらっしゃらないので、心配していたっておっしゃってましたよ」

義助の言葉にうなずき、

「お勢どのもご存じないようですからな、気になりますな。ま、お頭のことですから、よもや、間違いはないでしょうがね」

春風はにやっとした。

「そりゃそうですよ。お頭に限ってね……いや、その限ってってのがいけねえんですよ。

こっちの道はですよ、男はいくつになっても、足を洗うなんてことはありませんからね」

「違いありませんな」

春風がうなずくと、義助も大笑いをした。

「義助、このところ、景気がいいみたいじゃないか。いい鯛を仕入れているって聞いてますよ」

春風の問いかけに、

「そうですよ。あるところにはあるもんですよ」

と、言ったところへ、一八《いっぱち》がやって来た。派手な小紋の小袖に色違いの羽織、一見して幇間《たいこもち》といったなりをした年齢不詳の男である。見た目通りの幇間を生業にしているが、立派な闇御庭番である。

「商売、あがったりって愚痴は聞き飽きたよ」

春風が言うと、

「こりゃ、ご挨拶でげすね。それがでげすよ。深川の料理屋じゃ中々繁盛《はんじょう》しているんでげすよ」

「ほう、それはまたお珍しい」

春風は言った。

一八が、

「義助、おまいさんも顔を出したらいいよ。繁盛しているけどさ、昨今のお上の締め付けにあって鯛とか鯉が中々、入らずに苦労しているみたいでげすよ」

と、その料理屋の名を夢乃屋であると告げた。

「そりゃ、早速、顔を出してみますよ」

義助は礼を言った。

「ところで、春風師匠も景気がよさそうでげすね。お召しの十徳、新しいじゃありませんか」

目ざとく一八は指摘をした。

「ちょっとね、いい仕事が入ったんだ」

春風は言った。

「なんでげすよ。あやかりたいでげすね」

一八は扇子を開いたり閉じたりを繰り返した。

「何ですよ、勿体《もったい》つけないでくださいよ」

義助は言った。

「今、持ちきりの話題で、松本左内の仇討ち快挙録というのがあるだろう」

「ああ、今、凄いですよ。仇討ち話が一段落したと思ったら、今度は絵草紙がえらく売れているそうじゃありませんか」

「そうでげすよ。凛々しい若侍っぷりが、評判でげすよ」

一八も話に乗った。

「その絵、これですな」

春風は絵草紙を取り出した。

「ああ、これだ」

義助は声を上げた。

「じゃあ、春風師匠が描いているんでげすか」

一八は驚いた。

「そういうこと」

春風は誇らしそうだ。

「へえ、こら、さすがでげすよ。これ、豊年屋からの依頼でげしょう」

一八が訊くと、

「どうしてまた、春風先生に依頼なんかいったんですよ」

義助は首を捻った。

「あのね、わたしはですよ、これでもね、美人画じゃ定評があるんです」

「じゃあ、豊年屋から指名がかかったんでげすか」

一八が問いかけると、

「そうですよ、と言いたいんだけどね、実は何人か絵師が声をかけられてね、松本左内って若侍の絵を描かされたんだよ。その中からわたしが豊年屋稲太郎に気に入られたってことですよ」

絵が評価されたとあって春風は得意げだ。

「じゃあ、あれですかい。松本左内に会ったんですか」

義助が訊くと、

「いや、それがですね、松本左内には会っていないんだよ」

春風はかぶりを振った。

「ええっ」

義助は驚き、

「そうなんでげすか」

一八も啞然《あぜん》とした。

「要するに、絵草紙の文を読んでだよ、できるだけ、凜々しい、読み手が気持ちが入るような絵を描いて欲しいって、稲太郎の要望だったんだよ。稲太郎は商売人だ。だからね、あたしが思うに本物の松本左内はこの勇ましい絵とは似ても似つかない、貧相《ひんそう》な男だと思うんですね」

春風は言った。

「違いないでげすよ」

一八は賛同した。

「そういうもんかもしれませんね」

義助もなるほどと唸った。

「いかにも商売っ気が強いけどね、嫌なことばっかりの世の中だからね、これくらいの楽しみがないことにはやっていられないよねえ」

春風は泥鰌髭を撫でた。

「そりゃ、そうだ」

義助も納得し、一八も扇子をひらひらと振った。

「してみると、豊年屋は世のため人のために尽くしているってことになるんでげしょうかね」

「仇討ちとなったら、お上も取り締まりがやり辛いでしょうからね。いい商売っていやあいい商売ですよ」

義助は感心したように何度も首を縦に振った。

「どんなに世の中が厳しくなったとしても目端《めはし》の利く奴は金を儲《もう》けるということですな」

春風は達観した面持ちとなった。

「違いねえや」

義助は手を叩く。

「ところでお頭、どうしたんですかね」

義助の心配を、

「心配いらないでげすよ」

一八は一蹴《いっしゅう》したが、

「お勢ちゃんはどうなんだろうね」

春風はお勢に話題を向けた。

「そういえば、お頭に魚を届けた後、お勢姐《ねえ》さんのお宅に御用聞きに顔を出したんですがね、ここんところお頭はお勢姐さんの家にも来ていないそうでしたよ」

「そうでげすか」

再び二人も春風も外記の身を案じた。

「ま、お頭のことだ、心配することはないよ。どうだい、久しぶりにぱっと飲みに行こうじゃないか」

春風の誘いに、

「こいつはありがてえや」

「ごちになるでげすよ」

義助も一八も盛り上がった。

「ほんと、調子がいいね、あんたたちは」

春風は心配ごとと言えばとホンファに視線を移した。

「ホンファ、いっそ、このまま日本の娘になっちまったほうがいいんじゃないですかね」

義助の考えに、

「ほんと、そうでげすよ」

一八は応じたが、

「いや、それはどうだろうね。そろそろ、故郷が恋しくなっているんじゃないのかな。香港まで帰す、手立てを考えないと」

春風は慎重な姿勢を示した。

「抜け荷船に乗せるしかないんじゃないでげすか」

一八の考えを、

「抜け荷船か。一体、どれくらいお金がかかるのかね」

春風はあれこれと算段を始めた。

「春風師匠、苦労が絶えませんね」

義助はからかうかのような物言いをした。

「ほんと、そうでげすよ」

一八は扇子で春風を扇《あお》いだ。

「さてさて、世の中、心配事がある方が、達者で生きられるかもしれないね」

春風は言った。

「それをね、苦労性っていうんでげすよ」

一八が言うと春風は扇子を取って、

「その通りだよ」

と、一八の額をぴしゃりと叩いた。

「痛い」

一八は勘弁してくださいと、両手を合わせた。

「さて、行くか」

春風に従って、一八と義助はいそいそとついていった。

二

真中正助は諫早藩重松家の抱屋敷に行く前、もう一度志乃を訪ねることにした。

「失礼致します」

真中は腰高障子を開けて身を入れた。志乃がいた。もう一人いる若い男が圭吾なのだろう。志乃が真中を圭吾に父と道場で同門だったと紹介した。圭吾は一礼し挨拶をした。

まずは在りし日の持田の宮田喜重郎道場での様子を語った。

「お父上こそがまことの武芸者であられたと、わたしは断言します」

真中の言葉に圭吾はうれしそうな笑みを浮かべた。真中は志乃が出したお茶をすりながら、

「本日、参りましたのは」

と、本題を切り出した。

志乃と圭吾は身構える。

「圭吾どの、小間物問屋相州屋のご隠居、重吉どのと会われましたな」

真中に問われ、圭吾はいぶかしみながらも会ったと認めた。志乃も小首を傾げている。

「驚かれましたか。わたしは重吉どのと懇意にしておるのです。重吉どのは好奇心が強く、こんなことを申しては失礼ですがお節介な性分。このたびの仇討ち騒動にも大いに興味を示され、色々と語り合う内にわたしが持田どのと道場で同門と知ってご自身も圭吾どのと会ったことを話されたのです」

「それは奇遇ですね」

圭吾が納得すると、

「お父上のお導きかもしれませぬ」

真中は持田の位牌に頭を下げた。

それから、

「重吉どのもお父上が松本左衛門どのを騙し討ちにするようなお方ではないと信じてくださりました。また、左内どのがお父上を討ったのでもないとお考えです。重吉どのは八《はっ》丁堀《ちょうぼり》同心にも知己《ちき》が多いため、お父上殺害の真相を探って欲しいと頼まれたのですが、大名家に関わる一件ゆえ及び腰だとか。そこで、わたしに声をかけられ、共に探索をしようではないかと意気込んでおられるのです。むろん、わたしも探索は望むところだと思い、こうして参りました」

真中らしい誠意《せいい》溢れる説明を聞き、志乃は返した。

「それはかたじけのうございます。圭吾より聞きました。父は左内さまに討たれたのではないと」

真中がうなずくと圭吾が顔を曇らせ、

「読売が好き勝手に書き立てたせいで、物見高い野次馬が押しかけるようになりました」

父を失った悲しみに加え、父を悪し様に言われ好奇の目で見られる。志乃と圭吾は外出も儘《まま》ならなかったという。

「それでも、長屋のみなさんは親切に励ましてくださいました。料理をお裾分けしてくださったり、代わりに買い物に行ってくださったり……」

志乃が言うと、

「長屋のみなさんは父の人柄をよく知ってくださっておりました。読売にあるような卑怯者ではないと信じてくださったのです」

圭吾も長屋の者たちへの感謝の言葉を述べ立てた。持田の人柄を物語っている。

真中は、

「昨年の神無月、お父上が重松家を辞されてから、御家からは何か言ってきましたか」

「いいえ……ですが、時折見張られているような……」

志乃は圭吾を見た。

圭吾も首肯した。

「萬雑説方の方々が見張っていたのですか」

「そうだと思います」

志乃は言った。

奉公構、重松家追放後も重松家は持田を監視し続けたようだ。

ふと、家の中を見回すと文机に短冊があり、俳諧が記してあった。なるほど、留守居役同士の情報交換の場、表立っては俳諧の会ということにしているが、参加する以上、句を捻っていたのだろう。短冊に視線を預けながら、

「お父上は句を捻られたのですか」

「父の唯一の趣味でした」

志乃は頬を綻ばせた。

すると、

「失礼致します」

と、いう男の声が聞こえた。

「左内さんだ」

圭吾は腰を浮かした。目を見開き、志乃は口をつぐんだ。志乃に代わって、

「ただ今、参ります」

圭吾が腰高障子を開けた。

左内が立っていた。今日の左内は眼鏡をかけている。それが短軀と相まって風采《ふうさい》の上がらない、文弱の徒といった様子を際立たせていた。それでも、髭は丁寧に剃られ、羽織、袴にも乱れはない。

左内は訪ねて来たものの、中に入ろうとしない。

「どうしたのですか。さあ、そんな所に立っていないで、中に入ってください」

圭吾に促され、

「は、では、失礼します」

一礼すると左内はうつむいたまま家の中に入ってきた。志乃は無言でお辞儀をした。左内は真中に挨拶をしてから、

「志乃どの、ご無沙汰《ぶさた》しております」

と、志乃に向き直った。

志乃も小声でしばらくぶりですと返した。

「お父上のご位牌に手を合わせたいのですが……」

遠慮がちな左内の申し出に、

「あちらでございます」

志乃は持田の位牌を安置してある木箱に視線を向けた。おごそかな面持ちで左内は位牌に手を合わせた。合掌を終えてから左内は改めて志乃に向いた。

「これまで、何の音沙汰も致さず申し訳ございませんでした」

「そのことはよいのです。きっと、左内さまもお辛い日々を送ってこられたのでございましょう」

志乃は返した。

「情けなくも拙者は虚像にまみれて、身を持ち崩しておりました。お父上の名を汚しながらです」

左内は深々と頭を下げた。

志乃は言葉を返さない。

「まこと申し訳ございません」

今度は、両手をつき左内は頭を下げた。圭吾に促され志乃は口を開いた。

「左内さまのお気持ちはよくわかりました。では、お聞かせください」

「何なりと」

左内は身構えた。

「左内さまは父を討ったのですか」

圭吾から持田を討ったのは左内ではないと聞かされ、真中にも言われたのだが、志乃は直接左内に確かめずにはいられないのだろう。

ずばりとした志乃の問いかけに、

「いいえ、拙者ではございません」

きっぱりと左内は否定した。志乃はじっくりと見定めるかのような眼差しを左内に注いだ後、

「わかりました」

と、左内の言葉を受け入れた。

圭吾が、

「姉上、父を殺した下手人、矢崎兵部に間違いありません」

「圭吾、めったなことを申してはなりません。証もなく決め付けるものではありませんよ」

志乃は宥《なだ》めたが、

「ですが、それ以外には考えられませぬ」

圭吾は抗《あらが》った。志乃は圭吾から左内に視線を移し、

「左内さまはいかに思われますか」

「拙者も矢崎どのが何らかの形で持田どのの死に関与しておるものと考えます」

学者を目指す者らしい慎重な言い回しながら左内は圭吾に賛同した。

圭吾は憤怒の形相と化し、

「父は矢崎兵部に騙し討ちにされたのです」

「圭吾、取り乱してはなりませぬ」

志乃は宥めた。

「姉上、これが憤《いきどお》らずにいられれましょうか。わかりきっていたことではないですか。父を殺したのは矢崎か矢崎配下の者。わたしはこれより重松家の抱屋敷に参ります」

「やめなさい。落ち着くのです」

落ち着けと諫《いさ》めながら志乃の声も大きくなった。

「落ち着いている場合ですか」

圭吾は腰を浮かした。

「いけませぬ」

志乃は圭吾より先に立ちあがった。圭吾は非難の目で志乃を見上げる。志乃も負けじと

睨み返した。

姉と弟の間に剣呑《けんのん》な空気が漂い、左内も口を挟めない。

真中は左内に問いかけた。

「矢崎どのとはいかなる御仁ですか」

志乃と圭吾に気を取られていた左内は一瞬口ごもった後、

「拙者は正直申して、よくは存じないのです」

代わって圭吾が、

「腹を見せぬお方でございます。何を考えておるのかわかりませぬ」

と、答えた。

真中が視線を向けると志乃は恥じ入るようにして腰を下ろした。

三

「ほほう、それはいかなることですかな」

真中は興味を抱いた。

圭吾は身構え、

「実は何度か矢崎どのがここを訪ねてこられたのです」

父の留守中に応対したことがあった。

圭吾は矢崎から暮らしぶりをあれこれと心配されたそうだ。

「いかにも、我らの暮らしをご心配くださるような素振りでございました」

しかし、それはいかにも口実で、その実は持田加兵衛のことを見張っているようであった。

「父の留守中、姉の留守中に訪ねてきては暮らしぶりの足しにと、いくらかの金子を手渡してこられるようになったのです」

圭吾の証言は意外だったようで、

「知りませんでした。それで、そなた、受け取ったのですか」

志乃は責めるように問いかけた。

「いいえ、断じて受け取りませんでした」

圭吾は強く否定した。

「ともかく、矢崎どのはこちらを見張るようになったということですね。御家を去ってからは特別見張っていなかったのに、ある日を境に見張るようになったとは、何か心当たりはありますか」

真中の問いかけに、

「さあ……わかりません」

圭吾が答えたのに続いて、

「わたくしも心当たりがないのです。どうして、矢崎さまがうちを訪ねてこられたのか」

志乃も疑問だと気にし始めた。

「お父上は何かおっしゃっていませんでしたか」

「いいえ、何も申しておりませんでした」

圭吾は首を左右に振った。

「わたくしも、何を聞かされたということではないのですが」

ここで志乃は言葉を止めた。心当たりがありそうだ。

「いかがされた」

真中が問いかける。

「気のせいかもしれないのですが、父の様子が少しだけ変と申しますか、たまに考え込んでいる様子が見受けられるようになったのです」

志乃は言った。

「考えるというと……」

「憂鬱と申しますか。それで、ある日問いかけてみたのですが、父は何でもないと答えるばかりでございました」

「それは矢崎どのが来るようになってからですか」

志乃は矢崎に会っていないため、

「矢崎どのが訪ねて来られるようになったのは先月の十五日からです」

圭吾が答えた。

それを受け志乃は記憶の糸を手繰ったが、

「その頃からという気もしますが、はっきりとは申せませぬ」

真中は圭吾に向き、

「矢崎どのがここに来るようになったのは先月の十五日からで間違いないのですね」

「間違いありません」

圭吾は明確に答えた。

「圭吾、自信たっぷりですが間違いないのですね」

志乃に言われ、

「間違いありません。矢崎どのが初めて顔を見せたのは、盗人の紅寅小僧が市中引き回しの上、打ち首になった日の昼下がりでしたから」

圭吾は言い返した。

「ああ、なるほど、あの日でしたか」

真中も思い出した。

あの日は紅寅小僧が小塚原《こづかっぱら》の刑場で刑に処せられた。刑場に向かう前、裸馬《はだかうま》に乗せられ江戸市中を引き回されたのである。矢崎来訪も記憶に残っているはずだ。

「そうだったのですね」

志乃もそれなら覚えていると納得した。

「矢崎どのの行い、奇妙ですね」

真中は思案をした。


持田の家を辞し、真中は深川佐賀町にある諫早藩重松家の抱屋敷にやって来た。黒板塀《くろいたべい》が巡らされた敷地は意外にも広々としており、二千坪《つぼ》もあろうか。冠木門《かぶきもん》が構えられ、商人らしき男たちが出入りしている。中を覗《のぞ》くと番所があり、大きな銀杏《いちょう》や紅葉《もみじ》が彩る庭、屋根瓦が葺《ふ》かれた母屋《おもや》があった。紅葉と銀杏の葉が混じり、風に舞っている。銀《ぎん》杏《なん》の香りが鼻腔《びこう》を刺激した。

屋敷の全貌《ぜんぼう》を確かめようと真中は裏手に回った。裏手には道場が構えられていた。武者《むしゃ》窓《まど》から覗く稽古場には数人の武士が木刀を手に型の稽古をしているが、緊張感がない。紺の胴着はだらしなく着崩れ、素振りをしたり型の稽古をしているものの、何度も手を止め、門人同士で無駄話をしている。

重松家萬雑説方は表向き殿さまの馬廻り役、家中で選《よ》りすぐりの手練ばかりだと聞いていたのにこの様は何だ。肥前白波一刀流が泣くぞ。泉下の持田加兵衛が見たら何と言うだろう。

呆れると共に怒りがこみ上げてきた。

「よし」

道場破りを名目に探索にやって来たが、こうなったら痛い目に遭わせてやる。性根をたたき直すぞと、真中は持田に誓い、表門に戻った。

番所を覗く。

数人の商人風の男たちが帳面をつけている。間もなく入ってくる荷について確認をしているようだ。改めて屋敷の中を見回すと、堀が引き込まれていて荷船の出入りができるように整えられている。

真中が立っていると、怪訝な目で見てきた恰幅のいい商人風の男が、

「何か用ですか。そげな所に立っておられたんじゃ、邪魔たいね」

商人とは思えない横柄《おうへい》な口ぶりである。面構えも眉が太く、目が大きい。丸顔で肌艶がよく、二重顎《にじゅう》である。いかにも押し出しが強そうだ。

腹は立つが我慢をして、

「相州浪人真中正助と申します。こちらの御屋敷では重松家中の方が武芸の稽古にいそしんでおられるとか」

すると男は、

「道場破りにきんしゃったかね」

ずけずけと言い、薄笑いを浮かべ、

「重松さまにこの屋敷をお買い上げいただいた廻船問屋肥前屋九右衛門です。この屋敷には重松さまのご家来衆が詰めておられ、道場も構えておられますがな、みなさん、剣の達人ですたい。道場破りなんぞやめときんしゃい」

右手をひらひらと振った。

「わたしは修行の身、是非ともご指南《しなん》を頂きたい」

物腰柔らかに真中は頼んだ。

「怪我《けが》するばい。下手したら、不自由な身体になるかもしれん。悪いことは言わんけん。ま、せっかくきんしゃったから……」

九右衛門は財布に手を突っ込んだ。無造作に一分金を引っ張り出したものの顔をしかめ、一分金を仕舞って、

「ま、一朱《しゅ》でよかね」

と呟き、真中に握らせようとした。

受け取りを拒絶し、真中は九右衛門を見返した。

「いや、こんな物はいらぬ。それよりも、どなたかにご一手指南をお願いしたいと重松家中の方にお取り次ぎください」

「あんた、わからんお人ですな。くどいようですが、身のためですよ。帰りんしゃい」

九右衛門は番所に戻ろうとした。

構わず、

「失礼致す」

真中は屋敷の中に入ろうとした。

「あなた、若かね。人の意見は聞くもんたい。ま、勝手にしんしゃい」

呆れたように言って、九右衛門は番所の中へ入った。

嫌な気分になりながら真中は屋敷の裏手にある道場へとやって来た。玄関で名乗り、一手指南を申し込んだ。すると、侍が出て来て師範に取り次ぐと中に入った。

待つこともなく一人の侍が出て来た。胴着の胸元がはだけ、締まりのない顔つきである。稽古中に談笑をしていた一人である。

「拙者、師範を務める矢崎兵部と申す」

この男が矢崎兵部だと。

萬雑説方の副頭取、持田加兵衛を討ったであろう剣客なのか。

啞然として口をつぐんでしまったが、

「拙者、相州浪人真中正助と申します。目下、回国修行の身、つきましては白波一刀流の武名を耳に致し、是非とも一手指南をお願い致したく、参上仕りました」

戸惑いながら一手指南を申し込んだ。

矢崎は、

「あいにくと、当家におきましては他流派の方との手合わせは禁じられております。それゆえ、お相手できませぬ」

木で鼻をくったような返事をした。

「これは意外なお言葉、こちらの道場は門戸を広く開けておられると耳にしましたぞ」

真中が言い返すと、

「それは以前のことですな」

「今は門戸を開かれておられぬと」

「さようですな」

「何故ですか」

「当家の事情としか申せませぬ」

「以前とは持田加兵衛どの、松本左衛門どのが師範代や師範を担っておられた時でござるか」

真中は矢崎の目を見た。

薄ぼんやりとした矢崎の表情が心なしか引き締まった。

「松本、持田をご存じか」

「松本どのは存じませぬが、持田どのとは同じ道場で汗を流した仲でござる」

「ほう……」

矢崎は真中を見返してから、

「手合わせはできませぬが、まあ、茶など」

と、道場の中に導いた。玄関脇の一室に通される。六畳の畳が敷かれただけの殺風景《さっぷうけい》な座敷である。

門人が持って来た茶を勧められ、一口啜《すす》った。出涸《でが》らしもいいところで、白湯《さゆ》の方がましだった。

矢崎は真中の向かいに正座をした。

「持田加兵衛とは懇意にしておられたか」

「人格高潔にして剣の腕はただならぬお方でございました。肥前白波一刀流荒波下ろし……戦国の世であれば兜ごと脳天を断ち割る剛剣」

真中は矢崎の目を見た。お主にそんな真似はできるか。それほどの剣を使えるか。剣に対し、持田のように真摯《しんし》に対しているのか。持田への尊敬の念がこみ上がる余り、矢崎に嫌悪の念が込み上がった。

矢崎は間延びした顔のまま、

「貴殿が申されるように持田は相当な手練、松本と共に当家では一、二を争う剣客でござった」

「その持田どのを討ち果たした松本左内どのは並々ならぬ腕でござりましょうな。読売や絵草紙の記事を鵜呑みにはしておりませんが、持田どのの腕を知る者としましては、松本左内どのは相当の剣客に違いないと存じます。やはり、こちらの道場で研鑽を積まれたのですか」

「左内は国許で修練を積んだんでしょうな」

素っ気なく矢崎は答えた。

「仇討ち果し合いの場において、矢崎どのや道場の皆さんは助太刀をなさいましたか」

「拙者と数名が立会いを致したが、助太刀は致しませんでしたな」

「左内どの、お一人で持田どのに立ち向かわれたのですな」

「さようでござる」

「拙者、持田どのの亡骸に手を合わせました。その際、致命傷となった傷を確かめたのです」

真中は言葉を止めた。

四

矢崎は表情を消して黙っている。口が緩み視線が定まっていない。なるほど、圭吾が言っていたように何を考えているのかわからない、腹の底が見えない男だ。

「致命傷というかその傷しかなかったのですが、持田どのは咽喉を貫《つらぬ》かれておりました。持田どのが仕留められたのは尋常なる技ではないと窺えましたが、果たしてどのような技なのでしょうか。白波一刀流にはすさまじい突きの技がござるのですか」

矢崎から視線をそらさず真中は問いかけた。

矢崎は、

「それは申せませぬな」

「秘伝ということでござるか」

「いかにも」

「その技、持田どのも使っておられましたか。道場ではついぞ目にしたことはございませぬが」

「持田が使わなかったのは秘伝ゆえでしょうな」

「秘伝ならば持田どのもご存じであったはず。その技に用心しなかったとは思えませぬが」

納得できない気持ちをぶつけるように真中は語尾に力を込めた。

「はてさて、困った御仁だ。当道場に参られたのは、その技を確かめたいからでござるか」

矢崎は目元を緩めた。

「腹を割れば、ご指摘の通りでござる」

「ならば、特別に手合わせを致しましょうかな」

意外にも矢崎は真中を道場に誘った。

「かたじけない」

真中も勇んで立った。


真中は袴の股立ちを取り、大刀の下げ緒で襷をかけた。

板敷きの真ん中に立つ。

矢崎は門人に任せず、自らが相手になった。

武者窓から日輪が差し、板敷きに格子の影を落としている。

「師範殿が手合わせくださるとは光栄の至りです」

いささか驚いた。

「拙者では不足ですかな」

「滅相《めっそう》もござらぬ。大いに望むところです」

剣客としての闘争心が燃え上がった。

果たして矢崎がどんな立ち回りをしたのか。持田を一撃で倒した技が知りたい。

「いざ！」

真中は木刀を八双に構えた。

矢崎は下段である。

立合いでは引き締まるかと思った矢崎の顔つきは相変わらず緩んだままで、口がだらしなく半開きになっている。

仕掛ける様子はなく、構えたままだ。

いや、構えているのではなく、ただ突っ立っているといった方がふさわしい。

こちらの油断を誘っているのか。

真中は間合いを計りながら矢崎の動きを見定める。

ふと、気づいた。

道場内に緊張がない。師範が他流派の道場破りと手合わせをしているというのに、道場の隅で門人たちが談笑しているのである。耳に飛び込んでくるのは、

「あそこの大福《だいふく》は美味いぞ」

「わしは大福もよいが娘がいいな」

「それを申すなら、わしは娘よりも母親がよい」

などと、短軀で丸々と肥えた男と長身で痩せた男が下世話《げせわ》な話題で盛り上がっている。

他の連中も笑い声を上げたり、無駄話を交わしていた。とても道場とは思えない。

自分を惑わすためにわざとやっているのだろうか。それにしても、この者たちのだらし

なさは胴着にも見受けられる。襟元がはだけていたり、袴の紐が垂れ下がっているのだ。

するど、

「はあ～」

なんと、矢崎はあくびを漏らした。

真中と目が合い、

「失礼した。昨日、飲みすぎた。あ、いや、失礼致した」

言い訳をし、再び木刀を下段に構える。しかし、まるで気合が入っていない。

惑わされてなるものか。

真中は緊張の糸を切らせてなるものかと自分の気持ちを制御した。

矢崎は目をしょぼしょぼとさせた。肩がだらしなく下がっている。

よし、仕掛けてやる。一撃《いちげき》を食らわせ、剣客としての本能を呼び覚ましてやるのだ。

すり足で一息に間合いを詰め、木刀を突き出した。

矢崎はひょいと身体をかわした。武芸者の動きではない。人柄同様、蒟蒻《こんにゃく》のような摑みどころのなさだ。

しまった。

木刀をかわされ気負《きお》った分、勢いが余って前のめりになってしまった。矢崎に反撃の隙《すき》を与えてしまったのだ。

すかさず構え直す。が、矢崎は相変わらず茫洋として立ち続け反撃に出ない。

やる気がないのか。

真中を小馬鹿にして遊んでいるのか。

いや、いくら何でも白波一刀流の師範が遊びで手合わせなどしないだろう。すると、この動きは何だ。

疑念と不安が胸中に渦巻《うずま》く。

矢崎に底知れぬ闇を感ずる。持田は正当な剣客であった。その一手、一手は碁《ご》の達人のように正確無比、しかも相手の隙を的確につく剣であったのだ。

同じ流派とは思えない。まこと、矢崎兵部は肥前白波一刀流を学び、松本、持田を継承する武芸者なのであろうか。

「でえい！」

大音声を発することで疑念と不安を払い、真中は大上段に振りかぶった。次いで、間合いを詰める。

矢崎は後ずさった。

しかし、すり足ではない。

ばたばたと足音を立てた実にみっともない足の運びである。

動きに惑わされることなく真中は木刀を振り下ろした。

またも、ひょいとかわされた。

しかも、あくびをしながらである。

舐《な》めておるのか。

憤怒に真中の血が滾《たぎ》った。

間髪《かんはつ》を容《い》れず真中は打ち込んだ。

矢崎は木刀で受けようとしない。ひょいと体をかわすだけである。

これでは、手合わせにならない。

真中の独り相撲ならぬ、独り剣戟《けんげき》であった。さして動いていないのに、何時《いつ》の間にか息が上がっている。身体中が汗でぐっしょりと濡れてしまった。

間合いを取ろうと今度は真中が後ずさった。

すると、矢崎もついて来る。

間延びした顔のままだ。

矢崎の裏をかこう。

不意に真中は立ち止まるや胴を払う。

しかし、これも難なく矢崎にかわされた。

それでも矢崎は反撃に出ない。

大粒の汗が滴《したた》り、板敷きを濡らす。対して矢崎は汗をかくどころか呼吸の乱れもない。まったくの平静であった。

木刀を一度も振っていないのだから平静を保っているのは当たり前なのかもしれないが、とてつもない強靭《きょうじん》さを感じる。

蒟蒻のような動き、暖簾《のれん》に腕押しのような矢崎に焦燥感《しょうそうかん》が高まる。実に不思議な剣である。持田の白波一刀流と同じ流派とは思えない。荒海に漕ぎ出した小舟に立つ矢崎を想像してみる。持田のような力強さとは程遠いが矢崎ならば荒波だろうが小波《さざなみ》だろうが飄々《ひょうひょう》とした様子で立っているのではないか。

持田は白波一刀流の免許皆伝であったが、こんな剣ではなかった。

「裏白波《うらしらなみ》……」

いつだったか持田が語ったことがあった。

諫早藩重松家には裏白波流という流派があると。そしてその流派を継ぐ者は、門外不出《もんがいふしゅつ》、他流派とは試合をしない。他流派と戦う時は真剣のみ、すなわち、死を賭したやり取りとなるのだとか。

まさか……。

矢崎は自分を殺すつもりか。殺すつもりゆえ、手合わせを受け入れたのか。

いいようのない恐怖が足元から迫り上がってきた。

目の前の矢崎は剣客、あるいは刺客とは無縁の茫洋とした顔つきだ。こんな男が果たして人を斬れるものか。持田を討てたのであろうか。

深い疑念は謎めいてしまった。

この男にも隙があるはずだ。

真中は動きを止めた。

木刀を下ろし、静かに矢崎を見返す。すると、道場内の門人たちが一瞬、やり取りを止めたのがわかった。が、それも束の間のことで、すぐに素振りをしたり、下世話なやり取りを再開した。

矢崎は変わらない。

真中も動かなかった。矢崎はそれをいいことに盛大なあくびを漏らした。

許せぬ。

真中は板敷きを滑《すべ》るように進み、渾身《こんしん》の突きを繰り出した。矢崎は蒟蒻のような動きでかわす。

それならと、真中は勢いをつけて後退した。

すると、武者窓の隙間から差し込む日輪の光が真中の目に入った。矢崎が影のようになって真中の視界から消えた。

いかんと、目をしばたたく。

矢崎はいない。

と、背後に殺気を感じた。

慌てて振り返ると矢崎の茫洋とした顔があった。しかし、手には木刀はない。代わりに扇子を持ち、真中の咽喉笛に突き立てていた。

恐怖で足がすくんでしまった。

「うっうう」

呻き声を漏らす。

「これはこれは凄い汗でござるな」

矢崎は扇子を広げると真中をあおいだ。真中の手から木刀が落ちた。

「いやあ、中々の手練でござるな、真中氏」

矢崎は扇子を閉じた。

「参りました」

真中は負けを認めた。

「何のことでござるか」

矢崎は首を捻った。

「手も足も出ませんでした」

真中は完敗だと頭を下げた。

五

「いやいや、拙者こそ手も足も出ませんでしたぞ。真中どのの気合、唸るような太刀筋に足がすくんでしまい、逃げてばかりでした。なあ」

矢崎は門人に声をかけた。

しかし、誰も返事をしない。自分たちの話に夢中になっている。

矢崎は苦笑を漏らしながら、

「大和、どうであったわしの立合い」

大和と呼ばれた男は六尺近い長身だが、矢崎以上に締まりのない顔をしている。聞いて

いたのかいなかったのかも判然としないまま、

「はあ……すいません。見ておりません」

などと平気で答えた。

「馬鹿者」

叱責を加えたものの矢崎の口調は怒気《どき》が含まれていないどころか、間延びしている。

「諸田、おまえは……ああ、おまえも見ていそうにないな」

諸田は大和とは正反対の短軀の男だ。丸々と太っていて、達磨《だるま》のようだ。

「すみません。剣の談義に没頭しておりました」

悪びれもせず諸田は言い訳をした。どこが剣の談義だ。菓子屋の話題だったではないか
と真中は内心で舌打ちをした。

「まったく、わが道場はこのようにだらけた者ばかりで」

矢崎は苦笑した。

真中は黙った。

矢崎は続ける。

「こんな有様ですのでな、他流派との手合わせを禁じております」

「矢崎どの、わたしの剣は悉《ことごと》く封じられておりましたぞ」

真中が手合わせを振り返ると、

「封じたのではなく、逃げたのでござるよ。いやあ、真中氏からそのように言われますと、いささか、得意になってしまいますな」

苦笑いを浮かべ、矢崎は頭を搔いた。

「あの技は何と申されるのですか」

「技……」

矢崎は惚けた。

「相手の太刀筋を読み、巧みに身をかわす技でござる」

「特別に技と申せるものではござらんな。敢えて申すなら、蒟蒻剣とでも、いや、剣ではなく蒟蒻受け、とでも申しますかな」

矢崎は口をだらしなく緩めた。

「相手の視界から消え、あっという間に懐に入り込む技は……」

「はて……特に意識せなんだがな」

「あの技であれば、持田どのの咽喉笛を一突きできたでしょうな」

真中の指摘にも表情を変えず、

「いやあ、もう一度やれと言われてもできぬ、技とは申せぬ動き。それに、わしの腕では持田どのを討つなど到底無理ですな。持田加兵衛はわしなんぞが及びもつかない剣客でしたからな」

いくら話してもこの男から真相は引き出せそうにない。剣もやり取りも蒟蒻を相手にしているようだ。

真中は一礼して道場を出た。

それにしても恐るべき剣であった。

これまでに遭遇したことのない敵だ。あれを剣と呼んでいいのかはともかく、真中は歯が立たなかったのだ。もし、真剣で立ち合っていたのなら、今頃は持田同様、咽喉笛を突かれ命はなかった。

気がつけばまだ足が震えている。

表門近く、番所に至った。

九右衛門が立っている。

「ご浪人、どげんでした」

薄笑いを浮かべ九右衛門は声をかけてきた。聞くまでもなく、真中の手合わせぶりを察知しているに違いない。

「完敗だ」

ぶっきらぼうに真中は返した。

「ですから、手前が申したように金を受け取って帰ればよろしかったとに。今となっては一朱金、渡すことはないたい。ま、怪我ば、せんかっただけでも儲けもんと思うことですな」

九右衛門は言い放った。

恥辱にまみれ唇を噛み締めながら真中は表門を出た。


その直後、矢崎が番所にやって来た。

九右衛門が、

「浪人、懲《こ》りてたようたい」

「油断ならぬ男であったがな」

「鍋島の犬だったと」

九右衛門の目が鋭く凝らされる。

「わからんな。持田どのと町道場で同門だったと申しておった」

「騙りでなかですか」

「それはないだろうな。持田どのの亡骸に手を合わせたと申した。傷口も確かめておるゆえ、懇意にしていたのは嘘ではあるまい」

答えながら矢崎はあくびを漏らした。

「なるほど、では、単に武芸好きの浪人なのかもしれんですたい」

九右衛門は言った。

「そうかもな。まあ、うるさくつきまとうようなら用心せねばならんが、今日のところはこれ以上の詮索はすまいよ。先だっての珍妙《ちんみょう》な技を使う爺といい、油断禁物じゃ。そうじゃ、犬と申せばわしが鍋島家に放った犬、服部小次郎、よき働きをしたようじゃな。この屋敷を探りおる鍋島の犬がわかったそうではないか」

「抜かりなかですばい」

九右衛門はへへへと楽しそうに笑った。

「よし、やるか。めんどうだな」

矢崎は大きく伸びをした。

九右衛門は矢崎と門人たちを屋敷内の小屋に案内した。荷揚げ人足の休憩所である。

「ここで、お待ちを」

告げると九右衛門は小屋の引き戸を開けた。

「みんな、飲んどうと」

中には荷揚げ人足たちが十人ばかり車座《くるまざ》になっていた。九右衛門が差し入れた酒と仕出しが並べられている。

「なんだ、なんだ、酒、ちっとも減っとらんやん」

九右衛門は足を踏み入れた。

「いやあ、頂いていますよ」

頭領《とうりょう》らしき年配の男が礼を述べ立てた。

「いや、減っとらんよ。諫早の酒は口に合わんとね。わしは博多《はかた》の出ばってん、諫早の酒は美味かと思っとるたい」

両手でいくつか並んでいる五合徳利《どっくり》の一つを持ち上げ、九右衛門は人足たちを見回した。九右衛門が指摘したように、どの徳利も栓《せん》がされたままだ。人足たちは九右衛門の視線から逃れるように目を合わせようとしない。

「ほらほら、全然減っとらん。口をつけとらんやないか。仕方なかね、じゃあ、わしが飲むたいね」

言うや九右衛門は五合徳利の栓を抜き口をつけた。猪口《ちょこ》に注ぐことなく飲み始めた。ごくごくと美味そうに咽喉を鳴らしながら飲み始める。息を吐くこともなく、人足たちが目を見張る中、九右衛門はあっと言う間に五合の酒を飲み干してしまった。

袖で口を拭い、

「やっぱり美味か酒たいね」

と、みなを見回す。

薄気味悪い物を見るかのように人足たちは唖然としている。

「好きな仕事をやる前と終えた後の酒は特にたまらんたい。みんなもそうやないと……諫早の酒は美味かと思わんかね。なあ、鍋島の犬ども」

九右衛門は空の徳利を人足たちに投げつけた。

人足たちは浮き足立った。

そこへ矢崎たちが入って来た。矢崎は普段と変わらぬ、とんまな顔つきだ。矢崎ばかりではない。門人たちはみな、緊張感のないだらけた様子であった。

特に長身の大和と短軀の諸田は酒と仕出しを見て美味そうだと生唾を飲み込んでいる。

「なんですよ、言いがかりは勘弁してくださいよ」

頭領が目をむいた。

九右衛門が、

「惚けなくたってよかたいね。あんたらが、こそこそと荷を調べていたの、わかっている
んだからね。犬のように嗅ぎ回っているとね。太閤さんの太刀を見つけた翌日あたりから、
怪しか動きをしとったとね」

きつい口調でなじった。

「やっぱり、太閤秀吉の太刀だった……」

頭領は口を半開きにした。

「ふん、語るに落ちたとね。あんた、わしが模造品だと言ったのに、秀吉の太刀だって橋
本さまに報告したんやなかね。ほんで、橋本さまに頼まれてここの土蔵を探しとったとよ。

荷を土蔵に運び入れた時、用がすんだのに土蔵の中をぶらぶらしとったもんね」

「ありゃあ、すまねえことに、怠けていたんでさあ」

「言い訳はよかたい。鍋島の犬っころ」

九右衛門がぴしゃりと撥ねつける。

矢崎が、

「始末しろ」

力の抜けた声で命じた。

萬雑説方たちは刀を抜き、人足に襲いかかる。諸田は握り飯を左手でほお張りながら右

手の刀で人足たちを斬り立てた。

大和は酒を飲みながらの凶行だ。

矢崎はいかにもめんどくさそうに刀を振るっている。あっという間に十人の人足が屍《しかばね》と化した。

「つまらなかったな。真中何某《なにがし》との手合わせは木刀だったがよほど楽しかったぞ」

あくび混じりに矢崎は言った。

「ほんとですね」

大和も応じた。

「そりゃ、相手は丸腰、豚を殺すみたいに刀を振るっただけですからね」

諸田は言った。

「違いない。だがな、今夜、もう少し骨のある敵と戦うことができるぞ」

矢崎の言葉にみな歓びの声を上げた。

九右衛門が、

「鍋島の隠密がここに忍んできますたい」

楽しそうに言葉を添えた。

「どうだ、骨のある敵だろう」

矢崎は誇らしげにみなを見回す。

「真中よりも強いですかね」

大和は酒で濡れた口を胴着の袖で拭った。

「なんだ、おまえら、下世話な話ばかりをしてわしと真中の手合わせなど見ておらなかったではないか」

矢崎は笑った。

「ちらっとは見てましたよ。あいつは中々の腕だってわかりました」

大和は言った。

「そうだよ。頭取の剣に対して、無防備な姿勢をとりおった。それだけでも、あいつは侮《あなど》れないとわかる」

諸田も言い添えた。

「へえ、そんな腕でしたか」

関心なさそうに生返事をして九右衛門は酒をがぶ飲みし始めた。

六

その夜のこと、抱屋敷に大勢の人影があった。

九右衛門が言っていた鍋島藩の隠密たちだ。番所に待機していた九右衛門は満面の笑みで彼らを迎えた。

「橋本さま、お待ちしておりました」

九右衛門が声をかけると、

「まこと、当家から盗み出された太閤秀吉下賜の太刀、ここの土蔵にあるのだな」

橋本は問い直した。

「間違いございません」

九右衛門は揉み手をした。

「しかし、そなた、諫早藩重松家にも出入りしておるのだろう。重松家を裏切ってよいのか。重松家の仕事が商いの多くを占めること存じておるぞ」

「その代わり、鍋島さまの商いをもっと太かもんにしてつかあさい」

抜け抜けと九右衛門は言った。

「商人らしいのう」

橋本が言うとみな小さく笑った。次いで、

「服部」

と、手招きをした。

服部小次郎が橋本の側に立った。

「よくぞ、知らせてくれた」

言うなり、橋本は脇差を抜いて服部の腹を刺した。

「な、なにを……」

服部は白目をむいて倒れた。

「ふん、わしをあざむいたつもりであろうがお見通しじゃ。お前は矢崎の犬だな。往生《おうじょう》しろ。おまえの恨み、晴らしてやる。憎き矢崎兵部の悪事を暴き立ててやるぞ」

橋本は脇差の血糊を懐紙で拭うと九右衛門を見た。九右衛門は目の前で服部が殺されたというのに顔色一つ変えず、

「では、こちらでございます」

橋本たちの案内に立った。

彼らは九右衛門について屋敷の裏手にある土蔵へと向かった。立ち止まった九右衛門は

引き戸に掛けられた南京錠《なんきんじょう》を外した。次いで、戸を開くと提灯で中を照らした。と、

「なんだ」

橋本が驚きの声を上げる。

矢崎たちがぬっと姿を現したのだ。

「おのれ、九右衛門、謀ったな」

橋本は怒鳴った。

「商人は算盤《そろばん》で物事を考えます。堪忍《かんにん》してつかあさい。でも、ここで橋本さまが矢崎さまたちを成敗《せいばい》すればよかとですよ」

しゃあしゃあと言ってのけると九右衛門は立ち去った。

矢崎の命を受けた萬雑説方は鎧通《よろいどお》しを手に橋本たちに襲いかかった。

阿鼻叫喚《あびきょうかん》の中、橋本配下の者たちは鎧通しの餌食《えじき》となってゆく。咽喉を胸を腹を刺し貫かれ、反撃の暇もなく次々と倒れていった。あっという間に橋本一人が残るのみとなったところで、

「頭取、わしに任せてくれよ」

大和が申し出た。

みなが返り血を浴び、凄惨《せいさん》な様相を呈しているというのに大和の胴着には一滴の血痕《けっこん》もない。それもそのはず、大和だけは殺戮《さつりく》に加わらなかった。しかも鎧通しではなく大刀を腰に帯びている。

矢崎はぼんやりとした顔で大和を見返す。

「やってみたいんですよ。持田さまから伝授された、白波一刀流荒波下ろしを」

大和は願い出た。

「使ってみたいか。まあ、いいだろう」

湯屋へ行くのを許すような気軽さで矢崎は許可した。

大和は抜刀し、橋本との間合いを詰める。

矢崎以下、萬雑説方の者たちは大道芸でも見物するように車座になった。

橋本は恐怖で顔を引き攣らせ、じりじりと後ずさる。大和は大刀を抜き、大上段に振りかぶった。

六尺近い長身の大和は橋本を見下ろす。両足を開き、板敷きに立ち尽くす様は巨木《きょぼく》が根を下ろしたようだ。

恐怖におののきながらも橋本は刀を抜いて大和に斬りかかった。

大和は無造作に大刀を振り下ろした。

巨人が鉄槌《てっつい》を下した如《ごと》く、大刀は橋本の脳天《のうてん》を襲い、血飛沫《ちしぶき》が舞い上がった。悲鳴も呻き声も発せられないまま橋本は仰向けに倒れた。橋本の骸《むくろ》は脳天から股《また》まで真っ二つに切り裂かれていた。

大和は、

「どうですか」

と、矢崎を見た。

「よかったぞ」

気のない返事を矢崎はした。

あくる日、深川は騒然となった。

深川海辺新田《うみべしんでん》に二十体もの亡骸が横たわっていたのだ。草むらに無造作に打ち捨てられた亡骸は無残に切り刻まれていた。着物を剝ぎ取られ、全裸で潮風に吹きさらされている。潮の香に鉄が錆《さ》びたような濃厚な血の臭《にお》いが混じり、直視できる者はいない。立ち会った南町奉行所の同心と岡っ引も顔をそむけ、指で鼻を摘《つま》み、検死に当たった医者に任せた。

「これは惨い」

医者が一際大きな声を上げた。

同心も岡っ引も視線を向けようとはせず、医者の言葉を待った。

「身体が真っ二つに切り裂かれておる。脳天から股までな。どんな馬鹿力の奴の仕業であろうな」

医者の言葉に同心と岡っ引は手を合わせ、「なんまいだあ」と声を震わせた。


その日の昼下がり、矢崎は南町奉行所の役宅に鳥居耀蔵を訪ねた。書院で面談した鳥居に矢崎は挨拶を述べてから、

「当屋敷に押し入った賊を成敗致しました。どうぞ、鳥居さまにあられましては、よしなにお取り計らいくだされ」

と、鍋島家が重松家が抜け荷を行っているというあらぬ疑いを抱き、証を得んと隠密を潜入させたと説明し、

「紅寅小僧らは捕縛されたとはいえ、大名屋敷に忍び込む新たな盗人どもではないかと、成敗致しました。ところが、亡骸を調べてみますと、鍋島家中の探索方、橋本啓太郎どのが混じっておりました。鍋島家が当家を抜け荷で摘発しようとするための探索と思い至りましたが、これが表沙汰になっては鍋島家、重松家双方にとってよからぬ事態になります。ここは、鳥居どのにおすがりしようと参上致しました」

鳥居は突き出た額を光らせ、

「話はわかった。確かに表沙汰になるのはまずい。それで、成敗した亡骸は……」

「夜分の内に身包《みぐる》みはがして海辺新田に捨てました」

「ああ、あれか。あの辺りを持ち場としておる同心から報告を受けた。承知した。わしがうまく処置をする。ところで、矢崎どのは中々の働き者であるそうな」

思わせぶりな笑みを投げかける。

「水野さまに約束致しました一件、着々と進めております」

世間話でもするような呑気さで矢崎は言った。

「鍋島の者どもを始末したのもその表れということか」

陰謀好きの鳥居は好奇心と対抗心を溢れさせている。

「まあ……その通りですな」

妖怪と恐れられる鳥居を前にしても、矢崎は身構えたり、威儀《いぎ》を正したりもしない。それどころか、背中を丸め時折、畳に指で悪戯《いたずら》書きをしている。そんな矢崎に苛立ったのか、

「それで、鍋島家をいかに追い詰める」

鳥居は口調を鋭くし、目を凝らした。

「フェートン号事件をご存じでござりましょう」

矢崎は言った。

「むろん、存じておる」

鳥居はそれがどうしたと言った。

「その失敗を教訓とし、鍋島家では軍備の充実をはかっております。長崎に近いという地の利もあり、西洋式の砲術や軍備を整えておるのです」

「西洋式砲術な……」

鳥居の目が光った。

「何しろ、鍋島家は五万五千石の当家とは大違い、三十五万七千石の大藩でございます。その資金力に加え、抜け荷で得た金で長崎より……」

矢崎は言葉を止めた。

「長崎でオランダの商人どもから西洋式の大砲《たいほう》を手に入れておるのであろう」

わかり切ったことを言うなというように鳥居は不機嫌に返した。矢崎は締まらない表情のまま、

「ごもっともなんですが、武器というのは買い揃えればいいというものではござらんな。仏壇《ぶつだん》買って、魂《たましい》入れず、ですのでな」

「何が言いたい、はっきりと申せ」

この摑みどころのないぼうっとした男に鳥居は怒りを募《つの》らせるのが馬鹿馬鹿しくなったように無表情となった。

「西洋式の大砲にしましても鉄砲にしましても、指南役が必要ですぞ。長崎には著名な砲術家がおりましたな」

矢崎の言葉に鳥居の目がぴくりとなった。

「高島秋帆か。高島が鍋島の砲術指南をしておったのだな」

「砲術指南ばかりか、高島の斡旋《あっせん》で西洋式の大砲や鉄砲を買い揃えておったのですぞ」

まるで世間話でもするかのような調子で語った。

「ほう、そうか。それは面白いのお」

「高島を捕縛なさった鳥居さまであれば、高島の悪行はよくご存じでありましょうなあ」

「むろんのこと。高島は西洋かぶれであるばかりか、抜け荷、法外な礼金を巻き上げる悪徳学者よ。砲術家などと称しておるのであるからな。とんだ、騙り者であるぞ」

鳥居の顔がどす黒く歪んだ。

「まあ、鍋島家の気持ちもわからないではございませんがな。長崎警固の任にある御家、フェートン号事件の失敗を繰り返せば、今度は改易になるかもしれぬという危機意識がござろうからな。いやあ、そのことはよくわかります」

矢崎は鍋島に同情を示した。

「ふん、鍋島なんぞに頼らずとも異国から長崎を守ることはできる。御公儀の軍勢を陣取らせればよいのだ」

鳥居は興奮した。

「軍勢が陣を敷くには長崎は手狭、それに、軍勢の費用は莫大ですなあ」

ぼうっとした口調で矢崎は返す。

「長崎に軍勢は置かぬ。周辺に置く」

鳥居は具体的な地名が出てこなくて苛立ちを示した。

「わしは、諫早ですので、長崎周辺の地理には詳しいですぞ」

「おお、そうであったな。軍勢を陣取らせるにふさわしい地はどこぞ」

「その軍勢の数はいかほどですか」

「むろん、戦となったら増員するが、まずは二千でよいだろう」

「二千ですか」

「二千ならば、役目もなくぶらぶらと遊んでおる旗本《はたもと》、御家人《ごけにん》どもを転用できる。役目もなく、暇をかこつ者どもも役職に就けるのじゃ」

「さすがは鳥居さまですな、御公儀のこともちゃんとお考えに入れておられる」

矢崎は露骨に褒め上げた。

世辞《せじ》には乗らんと鳥居は唇を引き結んだ。

「それで、どの地がよい。二千となると、長崎には在陣できぬ」

「肥前佐賀城ですな」

躊躇いもなく矢崎は答えた。

「鍋島から取り上げるのか」

「佐賀城なら二千どころか、万の軍勢も置けます」

矢崎の言葉に鳥居は首を捻り、

「まさか、異国が日本の土地に攻め込んで来ると申すか。いや、その可能性はなきにしもあらずじゃが」

「清国の例もございます。もし、異国の船が長崎を奪おうとしましたら、佐賀城から出撃するのが上策です。それと、長崎近くに点在する鍋島家所領の島々、たとえば、神ノ島《かみしま》、伊王島《いおうじま》などは、長崎を脅かす異国船の砲撃にはもってこいの地です。鍋島家から取り上げ、御公儀が砲台《ほうだい》を設置なさるべきと存じます」

矢崎の進言に、

「ほほう、それはよいな」

鳥居は目を輝かせた。

「鳥居さま、高島を追い詰める算段、もし、お困りになられるようなら、一肌脱ぎますぞ」

更なる矢崎の申し出を、

「無用じゃ」

即座に鳥居は断った。

「これは、出過ぎたことを申しました」

矢崎は頭を下げた。

「話はわかった。矢崎どのの働き、わしから水野さまに伝えておく」

用はすんだと鳥居は面談を打ち切った。

矢崎が帰ってから鳥居は内与力《うちよりき》の藤岡伝十郎《ふじおかでんじゆうろう》を呼んだ。

「藤岡、矢崎という男と会ったぞ」

鳥居の機嫌がよさそうなことに藤岡は安堵し、

「ぼうっとした凡庸な男でございましたゆえ、御奉行は苛々となさるのではないかと危惧しておりました」

「いかにも抜けた男であったが、さすがに長崎周辺の地理はよう存じておる。また、長崎の事情にも通じておったぞ。中々、面白いことを聞かせおったしな」

鳥居はほくそ笑んだ。

「それはようございました」

「わしはな、異国船打ち払い令を戻すことを水野さまに進言しようと思う。異国船など恐るるに足りず、じゃ」

「それは頼もしゅうございます」

藤岡は言った。

「それにふさわしい建議書《けんぎしょ》を書けそうじゃ。高島秋帆めの息の根を止め、鍋島家を改易とまでは無理でも減封に処すことができるというものだ」

わくわくとしている鳥居に藤岡は、

「それはようございましたな」

調子を合わせた。

「しかもじゃ、役立たずの小普請組《こぶしんぐみ》どもに役目を与えることができる。その者どもの賄いは鍋島から取り上げた領地から捻出すればよいのだ。高島糾弾、鍋島家減封、長崎防衛強化、そして小普請組への役目提供、まさしく、一石四鳥の妙案であるぞ」

「お見事でございますな。この建議、水野さまもきっとお喜びになられましょう」

藤岡は盛んに持ち上げた。

「うむ。矢崎め、よきことを教えてくれたぞ。あの男、間抜け面に似合わぬ賢さを秘めておる。これからも使えそうじゃ」

悦に入る鳥居に、

「高島が鍋島家に抜け荷の斡旋と西洋砲術の指南をする代わりの礼金を受け取っておること、立証できますか」

藤岡が危惧すると、

「するまでよ。なに、証なんぞ、いくらでもでっち上げられる。その心配には及ばぬぞ」

突き出た額を光らせながら鳥居は答えた。

「これは失礼申しました」

そのことに抜かりのある鳥居ではないのだ。

南町奉行所を後にした矢崎を大和と諸田が待っていた。

「腹が減ったたな。蕎麦でも食べるか」

矢崎が誘うと大和も諸田もうれしそうな顔をした。

目についた蕎麦屋に入る。大和は蕎麦の前に酒を頼んだ。

諸田は蒸籠《せいろ》蕎麦を十枚頼む。

「よく、食べるな」

矢崎は感心とも呆れとも知れぬ口調で言った。

「食べられなくなったら、命が尽きる時ですよ」

諸田は丸い顔を綻ばせた。

大和が頼んだ酒を酌《く》み交《か》わし、

「あとは鳥居がうまくやってくれるぞ」

矢崎は鳥居との面談の様子を話した。

「鳥居という御仁、策謀《さくぼう》好《ず》きと耳にしておりましたが、ぱくっと餌に食いついたもんですわな」

大和は美味そうに酒を飲んだ。

そこへ蕎麦が届いた。待ってましたとばかりに諸田はいそいそと受け取る。蕎麦を汁にたっぷりと浸す。

「江戸ではな、蕎麦は汁に浸すか浸さぬかの間に食べるのだそうだぞ」

矢崎が言った。

「それでは、美味くありませんですぞ」

諸田はたっぷりと汁に浸した。

「頭取、何処でそんなことをお耳にされたのかね」

大和は蕎麦には無関心で味噌を舐めながら尋ねた。

「留守居役の寄り合いでだ。俳句を捻っておる時にな、新蕎麦を詠《よ》む者がおってな、江戸っ子流の蕎麦の食べ方を聞かされた」

矢崎は自分でやって見せたものの首を傾げ、

「やっぱり美味くはないな……物足りぬ」

と、顔をしかめた。

「でしょう」

諸田は我が意を得たりと得意になった。

「それよりも、鳥居のことですぞ」

大和が話題を鳥居に戻した。

「ああ、そうじゃな。鳥居はな、佐賀城をえらく気に入ったようじゃったぞ。佐賀城を手に入れようと、鍋島の領地を奪う。陰謀好きの鳥居のこと、自らも鍋島の足をすくおうと企てるに違いない。これは、面白いぞ」

矢崎ははははと笑った。

「鳥居、陰謀の臭いに敏感なんですわな」

諸田は三枚目の蒸籠に手を伸ばした。

「鳥居が蛇蝎《だかつ》のごとく嫌うのは西洋だ。蘭学、西洋の文物《ぶんぶつ》を目の敵にしておるからな。そこをこちょこちょとくすぐってやれば、あとは鍋島家を追い詰めるべく動いてくれるぞ」

矢崎はぼうっとした口調で言った。

「ならば、あとは待っておればよいのですか」

大和が言う。

「この先は鳥居に任せるのがよい。ああいう陰謀好きというものはな、どうやって敵を追い詰めてやろうかと、色々な思案を巡らせるのが好きなのだ。妖怪奉行さまの楽しみを奪わない方がよいぞ」

「そうだ、そうだ」

諸田の関心は蕎麦にしかないようで三枚目の蒸籠を平らげ、四枚目に取り掛かった。

「ともかく、水野も鳥居も当家が鍋島家を追い詰める手助けをしておるのは、当家の領地を守るためだと思い込んでいる。御家を守るには違いないが、本当のわけに気づいておらぬ。知恵者、切れ者を気取っても、政にしか興味がないのじゃ。お陰で、まんまと当家は幕閣の目を逃れられる。鍋島の隠密どもの始末も抱屋敷に押し入った賊徒成敗で鳥居は通してくれたからな」

矢崎は珍しく長広舌を振るった。

ここで大和が、

「先日やって来た、真中という浪人、気になりますぞ。あ奴、持田どのの死に不審を抱いておるのではござらんか」

諸田も、

「それと、いつかの爺」

「わしも怪しんでおる。真中や爺のことも気になるが、松本左内のこともな」

矢崎に言われ、

「松本の奴、人気者になって調子づいておるようですぞ」

大和の言葉を受け、

「ほんとほんと、豊年屋稲太郎に金をもらって、いい思いをしているんだよ。美味い物をたらふく食べてね。一体、誰のお陰で人気者になったって思っているんだろうね。恩知らずだよ。我らを料理屋につれてゆき、振る舞うのが当たり前じゃないかね」

箸を止め、諸田は不満を並べた。

「まあ、そんな男ゆえおれも利用する気になったのだが、そろそろ、どうにかせねばならぬな。帰参を受け入れぬとなると、野放しにはできんが……しかし、今、殺しては目立つな」

矢崎が危惧すると、

「構いませんよ、我らで仕留めましょう」

大和は言い張ったが、

「いや、ほとぼりが冷めるまで待つ。なに、人の噂も七十五日じゃ。江戸の者どもは野次馬根性に溢れておるが移り気じゃ。七十五日どころか、二月もすれば松本左内のまの字も話題に上らなくなるぞ」

矢崎は箸で蕎麦を摘み、汁にたっぷりと浸した。

第三章　裏　白　波

一

二十四日の昼前、外記はお勢の家にやって来た。

「父上、久しぶりじゃないの」

お勢は言った。

母屋の縁側で外記は日向ぼっこをした。相州屋重吉の扮装で目を細め、ばつを庭で遊ばせている。本当に小間物問屋のご隠居のようだ。

それを見て、

「ちょっと、父上、紅寅小僧の一件以来、どうにも暇なんじゃないの」

お勢はからかいの言葉を投げかけた。

「いいことではないか」

外記はばつを抱き上げた。

「暇、暇ってもう、起きていてもあくびを漏らしてしまうわよ」

お勢はくすりと笑った。

そこへ、

「御免」

と、真中が入って来た。

「また、退屈なお方が来たわね」

独り言のようにつぶやいてからお勢はいらっしゃいと迎えた。外記はぱつを庭に下ろし、居間に入った。真中とお勢も続く。居間に入ったところでお勢があくびを漏らしてしまった。気が差したとみえ、

「御免なさいね。あんまり暇なものだからね、締まらないったらないわ」

と、自分を責める。

すると真中の目が厳しく凝らされた。普段の真中らしからぬ険しい表情にお勢は驚き、

「御免なさいね」

と、もう一度詫びた。

はっとなったように真中は表情を和らげ、

「あ、いや、すみません。お勢どのに不快になったわけではないのです」

「どうしたの。何かあったの」

お勢が問いかけると真中は外記に向き、

「諫早藩重松家、萬雑説方頭取、矢崎兵部と手合わせをしてまいりました」

「うむ。さっきの顔つきを見れば、矢崎との手合わせ、相当に苦しいものであったようだな」

外記の言葉にお勢が、

「矢崎って……」

と、割り込みかけて真中の張り詰めた表情を見て口を閉ざした。

「これまで遭遇したことのない剣でした。いや、あれを剣と呼ぶべきかどうかさえわかりません」

真中の視線が定まらない。

お勢は外記と顔を見合わせた。

「剣と呼べるかどうかとは……」

静かに外記が問いかけると、

「暖簾に腕押し、糠《ぬか》に釘……」

真中は呆然となったまま返した。

「何なのそれ……」

焦《じ》れったそうにお勢が訊いた。真中は目をしばたたいた。頭の中を整理するようにしばし沈黙をした後、

「立合いの最中、矢崎はまるで緊張がないと申しますか、やる気がなさそうに……時々あくびを漏らすのです。きっとわたしの油断を誘うための策と思い、平静を保ちました。矢崎の動きを見定めながら打ちこみますと、飄々と避《よ》け……まるで捕らえどころがないのです。一見して隙だらけ、それでいて、最後には……」

真中の額から汗が滴り落ちた。

お勢は息を呑んで外記を見た。

外記はおもむろに、

「持田加兵衛とはまるで違う剣なのだな」

「持田どのは重松家伝統の白波一刀流免許皆伝であられました。その剣は大海原の白波を切り裂くような力強い太刀筋が特徴でした。年齢を感じさせない剛の剣でした」

「対して矢崎は……」

「まるで反対というのも憚られるような、剣と申すのも適当でないような。持田どのから聞いたことがあるのです。白波一刀流には裏があると。裏白波一刀流です」

「裏白波か、なるほどな」

外記は顎を掻いた。

「父上、何か心当たりがあるの」

「うむ。しかし、その剣法はとうに滅んだはずだ」

はっきりとはわからないが、と前置きをしてから外記は続けた。

「かつて、龍造寺家の忍びが駆使していたそうだ」

「龍造寺って、戦国の世に九州で勢力を築いたんだよね。鍋島の化《ば》け猫騒動に関係しているんじゃなかったかしら」

お勢が化け猫騒動を持ち出したことに外記は苦笑を漏らしつつ続けた。

「当主隆信《たかのぶ》の頃には筑後《ちくご》、肥前に勢力を伸ばし、九州にあっては島津《しまづ》、大友《おおとも》と並ぶ大大名となったが、天正十二年（一五八四）の島津との合戦に敗北、隆信が討ち死にを遂げて勢いは衰《おとろ》えた。倅《せがれ》の政家が跡を継いだが、御家の実権は重臣の鍋島直茂が握り、政家の息子、高房《たかふさ》の代に至った。藩政から遠ざけられた高房は悔しさの余り自害、程なくして隠居していた政家も病死、肥前藩は名実共に鍋島が担うことになった」

「ああ、そうか。御家を乗っ取られた龍造寺の恨みを晴らそうと高房の飼い猫が化けて出るのよね」

お勢は化け猫騒動から興味が離れないようだが、外記は話題を裏白波に戻した。

「龍造寺の忍びは探索、攪乱《かくらん》だけではなく、戦場に出陣した。連中は徒《かち》、足軽《あしがる》の格好をして鎧は使わず専《もっぱ》ら鎧通しを武器とし、敵の大将の命を狙った。戦国の世、合戦の最中、剣は今の型とは大きく違っておった」

「そうなんだ」

お勢はようやく化け猫から興味が移ったようだ。

真中は静かに聞いている。

「それはそうだろう。合戦では鎧を着る。刀や太刀では敵の身体を斬ることができぬ。戦場では鎧が武器となるが、鎧を失い太刀で立ち向かう場合、急所を狙うことになる。鎧の隙間だな。斬るのではなく、突く剣ということだ。その際、一撃で倒すには咽喉を一突きにすることだ。鎧通しを巧みに操る龍造寺の忍びは戦場で恐れられたのだ」

鎧通しは戦場において、組討ちの際、名称通り鎧を通して相手を刺す。そのため、分厚くて反《そ》りがなく、長さ九寸五分という鋭利な短剣だ。

「鎧通し……なるほど。わたしとの手合わせで矢崎が扇子を使ったのは、鎧通しの代わりだったのかもしれませんね。そうか、持田どのの咽喉に残っていた刺し傷、あれは鎧通しであったのか……」

真中は自分の咽喉をさすった。

外記はうなずくと、

「裏白波一刀流は鎧通しの技を受け継いでおるに違いない。龍造寺の忍びに話を戻すと、戦場で太刀同士の戦いとなるということは、敵味方入り乱れての白兵戦《はくへいせん》、将兵共に相当に消耗《しょうもう》、つまり疲れておるのだ。よろよろの状態だな。そんな時に真価を発揮する剣法を駆使しておったようだ」

「強靭な肉体に鍛《きた》え上げたのですか」

「鍛え上げてから常に怠けておった」

外記が答えると、

「変な剣ね」

お勢は首を傾げたが、

「それは、どういうことですか」

真中の目が光った。

「奴らは山野を鎧を重ねて着て駆け巡り、海に入っても甲冑《かっちゅう》のまま泳いだ。一日、一杯の稗《ひえ》だけで三年を過ごす。そうして鋼《はがね》の如き身体を創り上げ、その後、酒を飲み、飯を食らい、身体を柔らかにする。その結果、獣《けもの》のような動きと牛のような鈍い動きを身につける。すると、獣の如く危険を察知し、危機を避けることが身体でできるのだ」

「恐るべき剣法です。持田どのが免許皆伝を得た表白波一刀流も相当に厳しい研鑽の末に習得できる剣ですが、まだ、人の常識の範囲に入っております。しかし、裏白波は人の研鑽ではない。人が獣と化すなど、戦国の世ならではのこと。泰平《たいへい》の世にあって……いや、矢崎の配下の者ども、あのだらけた様子……諸田なる者は達磨のように丸々と肥えておりますが、あれも、鍛えぬいた末の身体ということですか」

真中は恐怖に身を引き攣らせた。

「龍造寺の忍びは心も獣のようになっておったに違いない。命令を確実に遂行する。人を殺すことに何らの罪悪感を抱かない」

外記の言葉を受け、

「海辺新田で見つかった二十の亡骸、実に惨たらしかったとか。ひょっとして、矢崎たちの仕業でしょうか……というのは、耳にした噂では頭から股まで真っ二つに割られた遺骸があったとか。持田どのの白波一刀流荒波下ろしが使われたと想起させます。矢崎らは裏白波としましても表白波の技も身につけているのではないでしょうか」

「その技に加え、二十人もの人間を一度に殺すなど只者《ただもの》ではない。海辺新田は重松家の抱屋敷がある深川佐賀町からも程近い。矢崎らの仕業とみてよいだろう」

「なんという奴らだ」

真中が呟くとお勢も表情を強張らせた。

「裏白波一刀流、いかなる試合にも出場せぬはずだ。そんな剣を試合で披露《ひろう》するわけにはいかぬからな」

外記は言った。

「道場のだらけた様子も裏白波独特のものなのでしょう」

「真中さん、考え過ぎかもしれないわよ。手合わせした矢崎って男は凄腕なのかもしれないけど、矢崎が凄くて他の連中も大きく見えているだけかもしれないでしょう」

お勢は真中の危惧を払おうとした。

それを外記が、

「いや、違うな。怠けておるのも裏白波の技なのだ。奴らは戦場も疾駆したが、基本は忍びであることを忘れるな」

「なるほど、溶け込むわけですな。探索先でじっと黙っておったのでは怪しまれますからな。そうやって、世間話をしながらでも耳には仕入れるべき雑説を入れているということですか」

真中の答えに、

「その通りだろうな」

外記も賛同した。

お勢は肩をそびやかした。

「薄気味悪い連中だね」

「薄気味悪く手強い者たちです」

真中は大真面目に言った。お勢は口を閉ざした。

「それで、持田加兵衛どのを殺したのは矢崎兵部に違いないな」

外記が確かめると、

「違いないと存じます」

真中は自信を持って言った。

「となると、矢崎が加兵衛どのを殺した理由が気になるな。一年経って殺すまでもなく、加兵衛どのが松本左衛門を殺した時に切腹させればよかったのだ」

改めて外記はこの疑問を持ち出した。

「それが未だわからず、裏白波の謎めいた剣と相まって不気味でございますね」

「何か突破口がないことにはな」

外記は思案を始めた。

そこへ小峰春風がやって来た。

「おお、お頭、しばらくですな」

春風は外記に挨拶をした。

「おや、春風さん、最近、景気がいいそうじゃないの。一八から聞いたよ」

お勢に言われ、

「まあ、それなりに」

春風は松本左内の錦絵で稼いでいることを話した。途端に外記は鼻白《はなじろ》んで言った。

「おまえか、あの法螺話《ほらばなし》の片棒を担いでおるのは」

「こっちも、背に腹は代えられませんで」

頭を掻き掻き、春風はわびた。

「まあ、よい」

外記は右手をひらひらと振った。真中は困ったような顔をしている。お勢が、

「次に何か描く予定があるの」

「今度はですよ、稲太郎は紅寅小僧を描けというのですよ」

春風は答えた。

「紅寅小僧をか。しかし、今度はそうそう派手には描けないだろう。江戸市中を引き回さ

れた時、大勢の野次馬に見られておるからな」

外記に指摘され、

「それが難しくもあり、工夫のし甲斐もありと申しますかね。絵師の腕の見せ所ですよ」

「今度も競作なの」

お勢が訊いた。

春風は強く首を縦に振った。

「腕が見られるわね。当たり前に描いていたら、駄目ってことね。絵師も仕事がなくなっているから、競争相手が殺到するんじゃないの」

「紅寅小僧が裸馬に乗せられて江戸市中を引き回されるところを描くことになりますかね。それと、盗みの場面を絵にしますね」

春風は言った。

「きっとそうでしょう。春風さんもそれを絵に描くんだろう」

お勢が確かめると、

「あたしはね、紅寅小僧が押し入った大名屋敷を描きますよ」

「鍋島さまだろう。それなら、みんな描くよ」

「ところがね、鍋島さまの他にもあるんですよ」

「そりゃあるだろうけど、お大名には体面があるんだから、紅寅小僧に押し入られましたなんて表沙汰にしているお大名の方が少ないんじゃないの」

「ところが、一つはっきりと盗みに入られた大名がわかったんですよ」

春風はにんまりとした。

「何処のお大名なの」

「諫早藩重松さまのお屋敷です」

春風は答えた。

二

「ええっ、重松さまの」

お勢が問いかけた。

外記も真中も意外な顔つきだ。

驚かれたのは春風には意外で、

「どうしたんです」

と、外記に問いかける。

「いいから、続けろ」

外記に促され、いぶかしみながら春風は話を続けた。

「諫早藩重松家には商人が出入りする抱屋敷が深川佐賀町にあります。そこには、上屋敷が火事になった場合に備えて、金子や米、味噌、醤油、御家のお宝が納められておるのだそうです」

ここまで話すと春風はみなを見回した。

真中が、

「その屋敷には、重松家の武芸者が詰めておりましょう」

「よく、ご存じですな。殿さまの御馬廻り役の方々が詰めておられ、交代で宿直《とのい》もしておられますよ」

「その者たち、手練揃い。紅寅小僧率いる紅寅党といえど、重松家の抱屋敷で盗みを働くことはできないと思いますが」

疑問を差し挟んだ真中に、どうして重松家の抱屋敷を知っているのかと春風は問い返したが、

「そのことは後回しだ。先を話せ」

外記に促され、春風は話を再開した。

「真中さんは信じられないようですがな、紅寅党はですよ、実際に抱屋敷に盗みに入って、千両箱を盗んだんですよ」

断固として春風は主張した。

「いつだ」

外記が問いかける。

「いや、そこまでは聞きませんでしたね」

けろりと春風は言ったものだから、

「誰から聞いたのですか」

珍しく急《せ》いた調子で真中が問いかけた。春風は目をぱちくりとさせて、

「豊年屋稲太郎ですけど……」

まるで悪いことでもしたように小声になった。

「稲太郎はどうしてそのことを知っているのだろうな」

今度は外記が訊いた。

「あいつは、読売屋だけあって様々な雑説が入ってくるようですぞ。ネタ元は豊富ということでしょうが、おそらくは北町奉行所の同心あたりでしょうな」

紅寅小僧は北町奉行所が捕縛し、処罰した。捕縛してから取り調べが行われたはずだ。

その際、紅寅小僧がどの大名屋敷に押し入ったのか、十分な調べがなされたであろう。その時、諫早藩重松家の名前も出たのだろう。

「稲太郎が特に諫早藩の抱屋敷のことをあたしに話したのは、これまた松本左内仇討ち快挙録の一環なのですよ」

春風は言った。

「まったく、稲太郎って男は金儲けのことしか考えていないんだね。浅ましい男だよ」

お勢はくさした。そんな稲太郎の片棒を担いでいるとあって春風は目を伏せた。ばつが悪そうに泥鰌髭を撫でる。

外記がお勢を宥め、

「稲太郎ばかりが悪いわけではない。稲太郎の作った法螺話を面白がる者もおるということだ」

「そりゃ、そうだけどね」

春風を見てお勢はうなずいた。

春風が、

「まあ、ともかく、稲太郎の依頼で松本左内と紅寅小僧の対決を絵に描くことになったのですよ。これ、あたしが絵に描いた『松本左内　仇討ち快挙録　回国修行山陽道編』が好評ですのでね、稲太郎が特別に指名してくれたのですな。他の絵師に声をかけたのは、これまでの付き合いから義理でということです。そんな裏がありますが、あたしは絵師としての誇りで決して手抜きはしませんですよ。しかし、ここまでくると茶番ですな。あ、いや、その茶番の片棒を担いでおるのはあたしなのですがね」

自嘲気味な笑みを浮かべた。

「重松家の抱屋敷から千両箱が奪われたことは世間には知られておらぬからな、これ幸いと商売っ気たっぷりの稲太郎なら絵草紙に仕立てるはずだ」

外記に言われ罪悪感に駆られたようで、

「申し訳ございません」

春風は自分の責任だとばかりに頭を掻いた。

ここで真中が、

「一つ、気になることがあります」

と、みなに向いた。

外記が話すよう促す。

「矢崎が持田どのの家を訪ねるようになったのは、紅寅小僧が処刑された日からなのです」

真中の報告を受け、

「ほう、それは面白いな」

外記は顎を掻いた。

「紅寅小僧が抱屋敷に押し入ったことと関係するのではないでしょうか」

真中の考えに、

「違いないね」

お勢は賛同し、春風も深くうなずいた。

「一体、何があったのだろうな」

外記は腕を組んだ。

「あたしが稲太郎に当たってみましょうか」

春風の申し出を、

「うむ、探りを入れてみてくれ」

外記は了承した。

「あたしにやらせて」

よほど退屈をしているとみえ、お勢は身を乗り出した。

「おい、おまえがいきなり行っても警戒されるだけだ。そうだな、春風、そなた、稲太郎にネタ元である北町の同心を確かめよ」

外記は命じた。

「承知致しました」

春風は真面目な表情で引き受けると出て行った。

「わたしはもう一度、志乃どのと圭吾どのに会ってまいります」

真中も去った。

真中と春風がいなくなってから、

「志乃どのって誰なの」

お勢が問いかけた。

「持田加兵衛の娘だ……なんだ、おまえ、気になるのか」

外記がにんまりとすると、

「ちょいと、父上、妙な勘ぐりは止めて頂戴ね。真中さんと女って、似合わないって思っただけよ」

「朴念仁《ぼくねんじん》だからな。だが、真中とて男だ。見目麗しき女には引かれるものだぞ」

「志乃どのは美人なの」

「美人であろうよ。がははははっ」

お勢の嫉妬《しっと》をかき立てるように外記は哄笑を放った。お勢はふんと鼻で笑い、

「本当にいい気なものね。でも、つくづく思うわ。世の中の噂って、本当にいい加減なんだって。鍋島の化け猫騒動なんかもそうじゃない」

「鍋島は龍造寺の家を乗っ取ったからな。してみると、裏白波の一党は龍造寺の流れを汲む。まさかとは思うが、鍋島への恨みを綿々と抱き続けているのかもしれんぞ」

「ああ、そうだ。猫は七代まで祟るっていうわよね」

「鍋島が龍造寺を乗っ取ったのは関ヶ原の合戦の七年後だ。あれから二百四十年近い歳月が経つ。当時は二代将軍秀忠《ひでただ》公であったことを思えば、今の公方《くぼう》さまは十二代であらせられるゆえ、七代どころではないな」

外記は虚空《こくう》を見上げた。

お勢は縁側に立ちばつを呼んだ。ばつはうれしそうな鳴き声を上げて駆け寄って来た。

「ばつは犬でよかったわね」

お勢が語りかけるとばつはもう一声鳴いた。

すると、木戸門で紙屑屋《かみくずや》の声がした。

「屑屋さん、頼むよ」

外記が呼ぶと紙屑屋は、「へ〜い」とよく通る声を放ち、庭を横切って来た。

「外記どの、しばらくです。鏡ヶ池のお宅を覗きましたらお留守でしたのでこちらに参りました」

紙屑屋は頰被りを外し、縁側に腰掛けた。村垣与三郎《むらがきよさぶろう》、公儀御庭番である。御庭番家の正統な血筋を継ぐ者だ。祖父は勘定《かんじょう》奉行を務めたほどに優れた男で、村垣自身、周囲から大きな期待を寄せられている。

将軍徳川家慶も村垣の誠実な人柄を愛し、闇御庭番となった外記との繫ぎ役にした。繫ぎ役にしたのは、単に連絡業務を行わせるに留まらず、外記から探索術を学べという意図もあってのことだ。

お勢が、

「このところ、お役目がないので父はすっかり暇を持て余し、退屈をしているのですよ」

と言うと、

「外記どのが退屈なさっておられるのは平穏の証かもしれません」

村垣が返し、お勢は気を利かして庭に下り、ぱつと遊び始めた。

村垣は表情を引き締め、

「上《うえ》さまにおかれましては、鍋島家を心配しておられます」

またも鍋島である。

外記は黙って促す。

「きのう、深川の新田に二十人の亡骸が捨てられておりました。みな、見るも無残な様子であったとか。その者たちは鍋島家出入りの人足たちであったのです」

村垣は言った。

「人足が殺されたのですか」

外記は首を捻る。

「ところが、必ずしも人足ばかりではなく、侍も混じっておったのです」

担当したのは南町奉行所だとか。怪しい点が見受けられたが、

「諫早藩重松家の矢崎兵部という者が奉行所に出頭したのです」

それを聞いただけで不穏なものを感じる。

「矢崎は諫早藩重松家の抱屋敷を預かっており、おとといの夜、抱屋敷内の土蔵に侵入してきた賊を成敗したということでした」

二十人もの賊徒の内、十人は鍋島家出入りの荷揚げ人足で、残る十人は出入り商人肥前屋九右衛門の証言で鍋島家の侍だとわかった。

「それで、矢崎も対処に窮《きゅう》して鳥居どのに相談をしたのだとか。鳥居どのは鍋島家を

慮《おもんぱか》り事態の収拾に動かれたのです。かといって、二十人もの人が死んだとあっては、事件そのものをもみ消すわけにはいかず、鍋島家の侍の身分を偽るため、矢崎が着物を脱がせて海辺新田に捨てさせたのを了承したという次第です。また一方で鍋島家の留守居役と折衝《せっしょう》し、重松家が成敗した盗人が鍋島家と関わりがあるとなれば、御公儀も見過ごしにはできない。評定所《ひょうじょうしょ》での吟味《ぎんみ》となる。さすれば、両家の争いとして厳しい処分がくだされるかもしれない、と、事を表沙汰にしないよう身元不明の死体として処理すると納得させたそうです」

「あの亡骸にはそんな裏があったのですな。なるほど」

外記は唸った。

恐るべき殺戮はやはり矢崎兵部たちの仕業だった。

「それからがいかにも鳥居どのらしい狡猾《こうかつ》なところでして、鳥居どのは御老中方に海辺新田の死者が鍋島家中の者と鍋島家出入りの人足たちだと報告しました。ただ、鍋島家への追及はせず、鍋島家がどうして重松家の抱屋敷に忍び込んだのか。それも、二十人もの人数で、という訳を調べさせて欲しいと訴えられました」

「なるほど、本来なら大名を監察《かんさつ》する大目付《おおめつけ》が行うべき役目ですな」

「外記どののもご存じのようにただ今の大目付というものは名誉職です」

村垣は苦笑を漏らした。

大目付は大名を監察し、幕府の最高裁判所と呼ぶべき評定所の管理者である。旗本における役方の役職としては最高職であるが、実務には携わらず、多分に町奉行や勘定奉行を務めた者が就任する名誉職となっていた。

「水野さまは鳥居どのの意を受け、鍋島家探索を任せたのです。但し、表立っては大目付が行うものとし……実際の探索は鳥居どのが行い、大目付を通して幕閣に上奏《じょうそう》する次第です」

「それを上さまは憂慮《ゆうりょ》しておられると」

外記は確かめた。

「まさしく、上さまは憂慮しておられます。鍋島家と重松家の間に何か問題が生じているのではないか。どちらも異国への門戸である長崎に近い御家、争いが起きてはならじと。もっと申せば、鳥居どのと水野さまがその争いにつけ込んでよからぬ企みを抱いておられるのではないかと心配しておられるのです」

「いかにも御両所ならありそうですな」

外記も胸に暗雲が立ち込めてきた。

「上さまが御両所の企てを懸念しておられるのは、もう一つ大きなわけがございまして」

村垣が言うには水野が長崎防衛のため、北部九州の大名の転封を考えているのだとか。先ごろの三方領地替えの失敗を反省し、より精緻で悪《あく》らつな計画を練っているのではないかと将軍徳川家慶は憂えているのだ。

「さすがは上さま、先を見越しておられますな」

外記が言うと、

「そこで、外記どの、鍋島の者がどうして諫早藩の抱屋敷に忍び入ったのか、両家にどんな争いがあるのか、その真実を探ってくだされ」

村垣は頼んだ。

「承知しました」

外記はしっかりと返事をした。

役目を伝え、村垣はほっとした表情を浮かべた。

「諫早藩重松家と申せば、巷間、仇討ち快挙が評判となっておりますな」

ふと思い出したように村垣は言った。

「それが、奇しき縁と申しますか、その仇討ちを成し遂げた松本左内と関わりができたのです」

と、外記は簡単にこれまでの経緯を語る。

「ほう、では、持田加兵衛を討ったのは松本左内に非《あら》ず、矢崎兵部であるということですか」

唖然として村垣は返した。

「おそらくは間違いないと存じます。それで、矢崎とその配下は龍造寺の流れを汲む者たちです」

「ならば、矢崎たちは先祖の恨みを晴らそうと、鍋島の者たちを殺戮したのですか……いや、まさか、そんなことはないでしょうな。拙者としたことが、芝居の見過ぎ、絵草紙の読み過ぎでした」

村垣は頭を掻いた。

「恨みと申しても、二百四十年も前のことですからな。ただ、鍋島家の隠密が矢崎が守る重松家の抱屋敷に忍び入ったのは確かなことです。鍋島家が重松家に深い疑念を抱いたのは間違いありませぬな……とにかく、探りを入れてみます」

改めて外記が請け負うと、

「外記どのにばかり働かせられませぬ。拙者も水野さまや鳥居どのの思惑《おもわく》を調べたいと存じます」

村垣は力強く言った。

三

その頃、村山庵斎は深川の料理屋夢乃屋で行われた俳諧の会に出席していた。今日は深川の分限者《ぶげんしゃ》ばかりが集まっている。みな、俳諧の会という名目で宴会《えんかい》を楽しんでいた。

その中でひときわ豪勢に遊んでいるのが肥前屋九右衛門である。

「諫早の海に泳ぐいざはやくと、あ、これは俳諧ではなく、川柳《せんりゅう》ですな」

九右衛門は上機嫌だ。

庵斎は近づき、

「いやあ、熱心ですな」

と、にこやかに語りかけた。

「これは、お師匠さん。お師匠さんのご指南にもかかわらず、上達せんとですよ。わしは風流がわからんのですわな。風流を解《かい》さん、廻船問屋ですたい」

九右衛門は大笑いをした。

「いやいやどうして、こんなにも豪勢な料理を食することができまして、本当に幸せなことです」

「そうたい、今度は長崎の卓袱《しっぽく》料理を御馳走《ごちそう》しますたい。卓袱料理、ご存じですか」

「若い頃、長崎に行ったことがありましてな、その時に食べました。そうだ、諫早にも立ち寄りましたな」

庵斎は言った。

「そうでしたか」

九右衛門はうなずいた。

「ところで、重松さまと申せば仇討ちですな」

庵斎が話題を向けると、

「そうなんですが、少々、わしは複雑な気持ちですたい。抱屋敷に持田加兵衛さまはおられましたし、松本左内さまのお父上左衛門さまも責任者としておられましたからな。どちらさまもご立派なお侍でした」

感慨深そうに九右衛門は言った。

「持田さまと松本左衛門さまは仲違いしたのですかな」

庵斎は探りを入れた。

「お二人が仲違いされたんでしょうかね。わしにはわからんとですたい」

九右衛門は本音を漏らすことはなかった。

「料理と酒は申し分ありませんな」

ちょっと、引っかかるような物言いをしてみた。

「ああ、お師匠さん、これは気が利きませんでね。申し訳ございませんな。辰巳芸者でも呼んだ方がいいのですがな、近頃のご時世《じせい》で気の利いた芸者がおらんですたい」

九右衛門は渋面《じゆうめん》となった。

「座敷は賑やかな方がいいですが、昨今、おおっぴらにはできませんな」

残念そうに庵斎も応じた。

「お上いうもんは無粋ですたい。馴染みの辰巳芸者、ここんところ商売上がったりで困っておりましたぞ」

「わたしの知り合いの辰巳芸者で気立てのよい、三味線《しやみせん》のうまい、それでいて、口の堅《かた》い女がおるのですがな」

庵斎がにんまりとすると、

「これはお師匠さんも隅に置けんたい。いやいや、江戸の粋《いき》なお方はこうしたご時世になってもちゃんとそういう遊びは心得られておられるとですな。ばってん、その芸者、口は堅いが身持ちはどうですか」

下卑た笑いで九右衛門は問いかけた。庵斎はすまし顔で、

「そっちの方は直接、確かめられたらよろしいですぞ」

「なるほど、無粋な問いかけでしたな」

九右衛門は自分の額をぽんと叩いた。


その日の夕暮れ近く、義助が重松家の抱屋敷にやって来た。

裏門から覗き、

「こんちは」

と、明るい声で呼びかける。

道場の前で世間話をしていた大和一郎太と諸田庄介が目を向けてきた。

「魚売りですよ」

義助はへへへと笑顔で言い、天秤棒を担いで入る。

「おいおい、勝手に入るな」

右手をひらひらと振って大和は追い払おうとしたが、

「夕餉《ゆうげ》、まだでしょう」

構わず義助は語りかける。

「なんだ、魚を買えってことか」

諸田は食いしん坊らしく舌なめずりをした。

「駄目だ。わしら、夕餉はもう決まっておる」

大和は拒絶した。

「いえいえ、今日はね、お代はいらないんです」

義助は軽く頭を下げた。

「本当か」

諸田が反応する。

「何か魂胆《こんたん》があるのか」

大和は危ぶんだ。

「魂胆、そりゃ大ありですよ。お出入りさせてもらいたいんです。今、出入りしている魚売り、いますでしょう」

「我ら銘々勝手に食事はこさえておる」

鬱陶しそうに答える大和に対して、

「どんな魚だ。どうせ、雑魚《ざこ》であろうがな」

諸田は興味津々な面持ちで盤台《ばんだい》に屈《かが》み込んだ。

「おっと、みくびってもらっちゃあ困りますぜ」

義助は盤台の蓋《ふた》を取った。

鮪《まぐろ》である。艶めいた肌が諸田の目を眩《まぶ》しく射る。

「これは、鮪ですよ。鮪っていいますとね、江戸じゃあ下魚《げぎょ》っていうんですがね、そんな評判なんか気になさらねえで、召し上がってみてくださいよ。きっと美味いのなんのってね、舌を打ちますよ」

自信満々に義助は勧めた。

「わしは気が進まんな」

大和は及び腰だ。

「どんな具合にして食するのだ」

諸田は乗り気である。

「やっぱり、刺身がいいんですがね、かま焼きなんかもいけますよ」

「刺身か。でも、生臭くはないか」

躊躇を示した諸田に、

「ちょいと、台所を拝借できますか」

返事を待たず義助は天秤棒を担いだ。

「こっちだ」

諸田が案内に立った。

大和は苦笑しただけで、止めようとはしなかった。

台所に入ると義助は、

「なら、刺身をこさえますよ」

「おお……頼む」

諸田は生唾をごくりと飲み込んだ。

義助は包丁を借りたが、

「いけませんよ。こんな包丁じゃあ。ちゃんと手入れをなさらないと。刀同様にとは申しませんがね、偶《たま》には研《と》いでくださいね」

「すまん」

諸田は頭を搔いた。

義助は持参の包丁で手際よく鮪を下ろしていった。日輪に鱗《うろこ》が煌き、赤い身が現れると無関心であった大和が、

「これは、中々の見物であるな」

「このね、赤身のところがね、美味いんですよ。でね、この白っぽい所、これはね、脂っ

ぽくていけませんから、捨てるんです」

などと言いながら、

「それから、醤油を」

義助が求めると、

「これだが」

いそいそと諸田は壺を持って来たが、

「国許から送ってもらっておるゆえ、江戸の醤油とは風味が違うが……大丈夫か」

などと食いしん坊らしい心配をした。義助は指を浸して舐め、

「なるほど、こりゃ随分と濃いですね。たまり醤油ですか」

「この魚には合わないか」

「いえ、そんなことないですよ、というか、この濃い目の醤油の方が鮪には合うかもしれませんや」

義助は皿に鮪の切り身を並べた。

「すみませんがね、山葵《わさび》をすり下ろしてください」

「山葵か……」

諸田は大和を見た。

「山葵なんぞ置いてないぞ」

大和は言った。

「しょうがないですね、男所帯は」

義助は持参した山葵を取り出し、自前の下ろし金で下ろした。生唾を飲み込み、諸田が小皿に醬油を注ぎ、箸を用意した。義助は醬油の小皿にすり下ろした山葵を添えた。

「まずは、やってみてください」

義助に勧められるまでもなく諸田は箸で一切れ摘み、山葵醬油に浸して口の中に入れた。目を白黒させながら咀嚼《そしゃく》し、

「おお、これは美味いぞ」

と、破顔して喜びの声を上げた。

大和も、

「どれ」

と、一切れ食べる。

「うむ、なるほどこれは酒に合うぞ」

大和が言うと、

「飯の方が合うよ。何杯でもいける」

我慢できないと諸田は丼に飯をよそい、鮪の刺身をおかずに食べ始めた。

「それなら」

大和は酒を飲み始める。

「たっぷりありますよ」

義助が鮪を示すと、

「いくらなんでも、食べ切れぬな」

諸田は惜しがる。

「漬《づ》けにしときますよ」

「ほお、漬けにできるのか」

「切り身をですね、醬油に酒と味醂《みりん》を加えて漬け込んでおくんですよ。これはこれで、よく味が染みていけますからね」

「それはよい。おおそうだ、その方、脂身は捨てると申したが」

「ええ、脂っぽいですからね」

「構わぬ。少し、くれ」

食いしん坊の本能がそうさせるのか、諸田は脂身を要求した。

「なら、切りますか」

義助は脂身を切って、皿に載せた。諸田は脂身を山葵醤油に浸す。

「ね、やっぱり、脂が醤油を弾いていますよ」

義助は敬遠したが、

「うむ、これは脂っぽいが……いや、いける。飯が進む。わしはこっちが好きだな」

諸田に言われ、

「ほんとですか」

義助も一切れ食べた。

途端に顔をしかめ、

「あっしゃ、駄目ですよ。こんな脂っこくちゃあね」

「そうか、わしの舌には馴染んでおる」

諸田は美味い、美味いと連発し、

「わしはな、どうも川魚は好きになれん。やはりな、大海原を泳ぐ魚でないとな」

「諫早の海じゃあ、美味い魚が捕れるんでしょうね」

義助は魚売りの本能がうずいた。

「おまえ、腕のいい魚売りだな。名は何と申す」

ご満悦《まんえつ》で諸田は問いかけた。

「義助っていいますんで、以後、よろしくお願い致します」

「うむ、これからも美味い魚を持って参れよ」

諸田が出入りを許すと大和もうなずいた。

「みなさんで、召し上がってくださいね」

義助は鮪を漬けにしていった。

四

春風は深川富岡八幡宮門前にある豊年屋に稲太郎を訪ねていた。

「これは、春風先生、お陰さまで好評ですよ」

春風が絵を描いた絵草紙は元より松本左内の絵柄を描いた手拭も売れに売れているのだとか。

「それは、お役に立ててありがたいですね」

春風は言った。

「頼んでいた左内さまと紅寅小僧との対決、描いてくださいましたかね」

稲太郎は揉み手をした。

「それがね、どうも、うまく描けないんだ」

困ったと春風は嘆いた。

「おや、先生らしくないですね」

稲太郎はいぶかしむ。

「どうもね、その場面が浮かばないのだよ」

「ですから、松本左内がですよ、紅寅小僧をやっつけるところを猛々しく描いてくだされ
ばそれでいいんですがね」

「そう言うがな、今回ばかりはだな、紅寅小僧は多くの者が見ておるのだ。この評判を聞
けば、抱屋敷に押し寄せる者もいるでしょう。ですからね、これまでのように、勝手な想
像で描けなくなったんですよ」

春風は困ったと嘆いた。

「いや、ですからね、それは適当に」

「適当では描けませんよ」

春風は難癖《なんくせ》をつけた。

「じゃあ、どうしますか」

稲太郎は顔を歪めた。

「紅寅小僧が重松さまの抱屋敷に忍び入ったこと、どうして知ったのですよ」

「そりゃね」

「北町の同心からネタを仕入れたんじゃないかね。だったらさ、その同心から話を聞きたいんですよ」

「それは……」

稲太郎は躊躇った。

「聞かせて欲しいんですよ。そうすればね、絵の想が練られるんですからな」

春風は頼み込んだ。

「まあ、会わせないことはないですがね」

「だったら、頼みますね。何なら、あたしが一献差し上げてもいいよ」

「わかりました。段取りしますよ」

「きっとですよ」

春風が釘を刺すと、

「任せてください」

稲太郎は胸を叩いた。

「では、北町の旦那とお会いする前に、重松さまの抱屋敷を見たいですな。稲太郎さん、ご案内ください。佐賀町ですから、近いですよね」

「そりゃまあ、構わないですよ。わかりました。行きましょう。帰りに番屋に寄って、北町の旦那に繋ぎを取りますよ」

快く稲太郎は引き受けた。


早速、その日の夕暮れ、春風は稲太郎と深川永代寺門前の縄暖簾で待っていた。やって来たのは北町奉行所の大橋源太郎という定町廻り同心であった。中年のどこかひねたような男だ。無愛想な顔で春風と稲太郎の前に座ると、

「こんな場末の店かよ」

第一声は文句であった。

「とかなんとかおっしゃって、大橋の旦那、気取った料理屋より、こういうざっかけない店の方がお好きなんでしょう」

にこにこ顔で稲太郎は言った。

「ふん、決めつけるな」

文句を言いながらも大橋は頰を緩めた。手早く稲太郎が大橋の好物を注文した。泥鰌の柳川《やながわ》、椎茸の焼き物、がんもどきの煮付けである。

「それに菜飯《なめし》とざくざく汁だ。腹が減っておるゆえ、まずは胃の腑《ふ》を満たしたい」

大橋は最初に菜飯とざくざく汁を持ってくるよう主に言いつけた。注文通り、菜飯とざくざく汁が運ばれてきた。大橋は物も言わずに食べ始める。ざくざく汁は合わせ味噌に蓬《よもぎ》や青菜をざくざく切って入れてあることからそんな名称がついている。野菜の他に賽《さい》の目に切った豆腐も入っていた。

よほど空腹だったのか大橋は菜飯にざくざく汁をかけ、茶漬けのようにして平らげた。食べ終えると大橋の表情が和らぎ、そこへ燗酒が運ばれて来た。

ひとしきり飲み食いをしてから、

「旦那、今日はですね、この春風先生に紅寅小僧の絵を描いてもらうに当たりましてね、先生が是非とも旦那の話を聞きたいっておっしゃったんで、お引き合わせをしたってわけです」

稲太郎が説明した。

大橋は斜《しゃ》に構えていたが、

「そうかい、あんたがねえ……ふ～ん、松本左内仇討ち快挙録の絵を描いているってわけだ」

「さようです」

春風は泥鰌髭を指で撫でた。

いかにもうろんなものを見るかのように大橋は薄笑いを浮かべて言った。

「ずいぶんと大袈裟《おおげさ》な絵だな。ま、そうしないと受けないいんだろうが。で、紅寅小僧の何を聞きたいんだ」

「紅寅小僧、重松さまの抱屋敷に押し入ったのですな」

「ああ、そうだぞ」

やる気のない口調で大橋は返す。

「その時の様子を詳しく聞かせてくださいよ。まさか、松本左内が紅寅小僧を追い払ったわけじゃないですよね」

酌《しゃく》をしながら春風は問いかけた。

「いくらなんでもそれはない。まだ、松本左内は長崎におったはずだからな。紅寅小僧が盗みに入った時、殺された左内の親父は健在だったはずだ」

大橋はごくりと猪口をあおった。

「そうしますと、紅寅小僧は誰が追い払ったのですか。抱屋敷は松本左内さまの親父どのが詰めておられたと耳にしました。左内さまの親父どのは剣の達人。重松家に伝わる白波一刀流免許皆伝の腕だそうですが……ああ、そうですか、その親父どのが紅寅小僧を撃退したのですな」

春風は稲太郎を見た。

ふんふんと思案した後、稲太郎は両手を叩き、

「よし、こりゃいける。いいこと思いつきましたよ。これは、絶対に売れるぞお。ええっとですよ、親子の共演ですよ。親子で紅寅小僧と一党を追い払った……というのはどうです。受けますよ」

と、興奮して捲くし立てた。

稲太郎の筋書きは紅寅小僧が押し入った現場に松本左衛門と左内が居合わせ、左衛門の指導の下、左内が紅寅小僧を追い払うというものだ。

「その時、左内は剣に開眼《かいげん》したのであった！……という筋書きにしましょう。ねえ、春風先生、受けますよ。売れますぜ。絵の想が浮かびましたでしょう。これで、絵に描けますね。ああ、よかった」

話はすんだとばかりに切り上げ、さあ、飲みましょうと稲太郎は景気よく肴《さかな》と酒を追加した。

が、肝心の大橋からは話を聞いていない。稲太郎が店の主人に肴を注文している間に春風は大橋に、

「実際はどんな具合だったんですかね」

大橋は苦笑を漏らし、

「絵草紙になるような盗みではなかったぞ。親子で盗人を追い払うなんぞ、開いた口が塞がらねえな」

すると稲太郎が、

「ですからね旦那、あるわけがないことだから受けるんですよ。本当のことを書いたって面白くありませんからね。そうでしょう。日々の暮らしなんてつまらないじゃございませんか。奢侈禁止令この方、物見高い江戸っ子は胸がすっとするような出来事を望んでいるんですよ。ですからね、多少の誇張《こちょう》は受け入れられますって」

「これだから読売だの絵草紙なんぞは信用できねえんだよ。誇張じゃない。あることないことじゃねえ、ないことないことを書きやがる。いいか、紅寅党はな、誰にも邪魔されずに千両箱を盗み出したんだよ」

大橋は顔をしかめた。

「ええっ、誰にも邪魔されず……でも、重松さまのご家来衆が宿直をなさっていたんですよね」

戸惑う春風に対して、

「でしょう。ですからね、本当のことはつまらないんですよ」

稲太郎も渋面となった。

春風が、

「先ほど稲太郎さんの案内で抱屋敷に参りましたよねえ。金蔵は道場の前にありましたですよ。宿直していなさるんですから、紅寅党が盗みに入ったら気づくはずですよ。あと、ほら、稲太郎さん、例のもの……」

と言ってから稲太郎を促した。

「例のものって……」

稲太郎は首を捻った。

「日誌ですよ」

春風が囁く。

「ああ、そうだったね」

懐中から稲太郎は日誌を出した。

「大橋の旦那、紅寅小僧が重松さまの抱屋敷に押し入ったのはいつでした」

春風が問いかけると、

「昨年の神無月の一日だったな」

大橋は即答した。

「よく、覚えていらっしゃいますな。さすがは、八丁堀の旦那です」

春風が感心すると、

「その日はな、息子が生まれたんだ」

ぶっきらぼうに答えながらも、大橋は目元を緩めている。

「それはおめでたい日ですね、忘れようがありませんよ」

「だから、紅寅小僧の取り調べで白状させた盗みの内、特に重松さまの一件が印象に残ったというわけだ」

大橋の話は稲太郎と違って納得できる。

昨年の神無月の日誌を春風は開いた。一日の宿直が載っている。大和一郎太、諸田庄介だ。

「なんだい、大和さんと諸田さんだったのか」

稲太郎は二人をよく知っているとか。松本左内仇討ち快挙録を書くに際して、重松家や抱屋敷について差し支えない程度に記事にした。ついては二人の協力を得たそうだ。

「このお二人、剣の腕はどうなのですか」

春風が稲太郎に問いかけると、

「そりゃ、抱屋敷には腕の立つ方ばかりが詰めておられますが、お二人について申しますと、とても腕が立つとは思えませんね。いつ抱屋敷に行ってもだらだらとなさっています。道場でお稽古をしている姿なんか見たことありませんよ」

苦笑を漏らし稲太郎は答えた。

「その二人のこと、紅寅小僧たちは何か言っておりませんか」

春風は大橋に視線を向けた。

「何も言わなかったよ。というより、大和、諸田なんてへなちょこ侍どころか、金蔵を破った時、近くには誰もいなかったんだってよ」

大橋が答えると、

「おや、それはおかしいですね。諫早藩重松さまの抱屋敷の道場では宿直のお侍が寝ずの番をなさっているんですよね。なんでも、夜を徹して道場で稽古をなさるんですよ。紅寅小僧が忍び入った刻限は」

稲太郎は読売屋の本能が疼いたのか、真剣な眼差しとなった。

それに答えるように大橋は、

「夜八つ（午前二時）だそうだ」

と、答えた。

「大和さんと諸田さんのことだ、何処かへ出かけたか道場で寝てしまったんじゃないですかね」

何でもないことのように稲太郎は言った。

「それはわからねえがな、とにかく、紅寅小僧は誰にも邪魔されなかったんだ。ま、稲太郎の言うように、二人が怠けていたんだろうさ」

大橋も深くは考えていない。

「それで、まんまと紅寅党は千両箱を盗み出してしまったということですね」

稲太郎は納得した。

春風が、

「それで、大和さんと諸田さんはお咎《とが》めがなかったのですかね」

「そんなことまでわしが知るか」

めんどくさくなったのだろう。大橋はぶっきらぼうに答えた。

それに対し稲太郎は興味をそそられたようで饒舌《じょうぜつ》ぶりを発揮した。

「そんなことは聞いていないよ。ほんとだ。あの二人の失態ですよ、こりゃ。千両も盗まれたんですものね。御家としちゃあ、奉行所に届けるのはみっともなくてできないでしょうけどさ、御家の中じゃ、そんなしくじりをした二人にお咎めなしってことじゃ通用しないよ」

稲太郎は憤慨《ふんがい》した。

「おいおい、何を怒っているんだ。酔っ払って頭に血が上ったか」

大橋がからかうように問いかけた。

「あたしはね、大橋の旦那、そういうのが許せないんですよ」

「そういうのというと」

「御家に不都合なことはですよ、臭い物には蓋っていうやり方で闇に葬《ほうむ》るってことが許せねえんです。そんなことは許せない。だから、あたしは、そうした不正をですよ、暴き立ててやりたいんだ。ええ、やってやりますとも」

酔いが回ったせいで稲太郎は気が大きくなったようだ。

大橋は苦笑しながら、

「絵師さんよ、この稲太郎はな、今はこんな風に金儲け一筋になっちまったが、若い頃はそりゃあもう血の気の多い男だったたんだ。随分《ずいぶん》と御政道《ごせいどう》批判なんかを読売でやっていたんだ。御公儀のお偉《えら》いさんの不正なんかを暴き立てて、それを攻撃する読売を出していたんだぞ。それで、手鎖《てぐさり》や五十敲《たたき》を食らってな」

「そうそう、そんなこともありましたよ。それがね……今じゃ嘘八百並べて銭、金にしているんですから我ながら情けないのなんの。あ、そう言う旦那だって、昔は筋を通し、弱い者の味方って颯爽とした八丁堀の旦那だったじゃござんせんか」

「まあ、お互い、昔話だ。それよりも、二人にお咎めがないっていうのは解せねえぜ」

大橋は首を捻った。

「あたしはね、あのお二人、紅寅党が押し入った時、気づいていたんだと思いますよ。ですが、紅寅党に足がすくんでしまったんです。ろくにやっとうの稽古をやってないお二人ですからね。いざって時に役に立つはずがありませんや。情けないね。でもですよ、あの道場にいらっしゃる方々はどなたも剣に関しては人後に落ちないって評判ですし、重松さまは武芸熱心な御家で通っていますからね、そんな情けない話が表沙汰になったら、御家の面子に関わるっていうことで、臭い物に蓋をしたんですよ」

呂律《ろれつ》が怪しい口調で稲太郎はなじった。

「大方そんなところかもしれねえな」

大橋も賛同した。

「そうでしょう。そんな風に考えるとぴったりとくるんですよ。あたしがね、あることないこと、いや、ないことないことを書き並べてもですよ、重松さまが文句をつけてこないってのも、騒がれて紅寅党に盗みに入られたのが表沙汰になるのがまずいからですよ。あたしが抱屋敷を訪ねたら、大和さんと諸田さんなんか、とっても協力してくれるんですからね。きっと、後ろめたいからなんですよ」

「では、紅寅党と松本左内の対決は絵にしない方がいいですな」

春風が言うと、

「当たり前ですよ。そんなもん、絵草紙になんぞしてたまるもんですか。これ以上、重松さまの評判を高めることなんかありませんからね」

春風の申し出を受け入れ、稲太郎は舌打ちをした。

「わかりました。その方があたしもすっきりしましたですよ」

春風も納得したところで稲太郎は酔いが醒めたような真顔で、

「いや、描いてくださいな」

舌の根も乾かない内に頼んできた。

「ええっ……たった今、絵草紙にしないっておっしゃったばっかりですよ」

春風は顔をしかめた。

「そりゃそうですがね、金儲けのためですよ。あたしも春風先生も霞《かすみ》を食らって生きちゃいけない。たまにはこうして美味い物を食べ、酒を飲みたいじゃございませんか。銭金のためだって割り切りゃあいいんですよ。絶対に売れるネタを捨てることはない。それにですよ、腹は立ちますけど、重松さまを金儲けに利用してやるんだって開き直ればいいじゃありませんか。ねえ、旦那」

賛同を求め、稲太郎は大橋に酌をした。

「それもそうだ。おい、儲かったらおこぼれを頼むぞ」

大橋は酌を受けた。

やれやれだ。正義感溢れる八丁堀同心と読売屋の成れの果てである。稲太郎の金儲けはともかく、大和と諸田は紅寅党が押し入った時、何をしていたのか。それがどうにも気になる。

すると、稲太郎がはっとして、

「あれ……そうだよ、松本左衛門さまが持田加兵衛に騙し討ちにされたのも神無月の一日の夜だったんだ」

「……それ、間違いないですか」

思わず春風は問い返した。

「間違いないね。あたしが読売に書き立てたんだから。これでもね、押さえておかなきゃならないところは押さえるんですよ。全部が全部嘘っぱちじゃ読売は売れません。時と場所、人物はね、ちゃんと、下調べをするんです」

それが僅かに残った読売屋の矜持《きょうじ》だと稲太郎はうつむき加減になって誇った。

「持田さまが松本さまを殺したのは、紅寅党の盗みの後ということになりますな」

春風が言うと、

「そういうことになりますよね」

答えながら稲太郎は首を捻った。大橋も興味を抱き、

「しかし、持田と松本はその日は宿直ではなかったのだろう」

「日誌には記されていませんね」

稲太郎は首を捻る。

「お二人は宿直の当番をなさらないのか、常時どちらかが道場にいらっしゃるのではありませんか」

という春風の考えを、

「そうじゃありませんね。日誌にはお二人の宿直日も記してありますからね」

稲太郎は否定した。続いて大橋が、

「宿直ではないのに、二人は道場にいたということか。すると、益々わからねえな。二人は相当に腕が立つんだよな。紅寅党を見過ごすはずがねえ」

「紅寅党が押し入った時にはお二方はいなかったということですかね」

春風の意見に大橋はうなずき、

「そうとしか考えられねえな。ま、今となっちゃあ、わからねえよ」

これ以上は考えても無駄だと酒を飲み始めた。稲太郎もめんどくさくなったようで肴に箸をつけた。

これは臭う。

一年前の神無月一日の夜、重松家の抱屋敷で紅寅党の盗みと持田加兵衛による松本左衛門殺害が起きた。その夜、宿直の大和と諸田は何故か不在だった。

大和と諸田の不在、単なる怠けなのかそれとも深い訳があったのか。

すると、大橋がふと思い出したように、

「紅寅小僧、どうもすっきりせんことがあるぞ」

と、言った。

稲太郎は酔眼を向けて、

「旦那、もう、紅寅小僧のことはいいですから、飲みましょうよ」

すかさず春風が稲太郎に酌をして気をそらせ、

「それはいけません。すっきりしましょう。不満を吐き出してください」

と、大橋を促した。

大橋もその気になり、

「紅寅小僧はな、不敵な奴だった。盗みもそうだったが、取り調べでもふんぞり返っておった。何ら悪びれることなく、いや、むしろ、自分たちの盗みを誇らしげに語りおった。散々好き勝手したから、この世に未練はないと抜かしおった……」

「あたしもこんな世の中に未練はないね」

すっかり酔っ払った稲太郎は小机に突っ伏した。

大橋は話を続けた。

「そんな紅寅小僧だから、洗いざらい盗みを白状したんだが、認めない盗みが何件かあったんだ」

紅寅小僧に盗みに入られた大名家は体面を気にして届けない家が珍しくはない。重松家もそんな一軒だ。ところが、律儀にも奉行所に届け出ている大名屋敷もあった。

「ところがな、届け出てきた大名屋敷の何軒かで、紅寅小僧は盗みを働いていないと認めなかったのだ。どの大名屋敷なのかは、明かせないがな」

「へえ、それはまたどうしてですかね。罪が軽くなるというわけではないですものね」

「そうだ。認めようが認めまいが死罪は免《まぬが》れねえ。それに、紅寅小僧は自分の盗みを自慢げに話したんだ。奴はこんなことを言っていたな。自分たちがやったことは話す、やってねえことは話さない。それは盗人の矜持だと抜かしやがった。ま、わしも、それ以上は聞かなかった。紅寅小僧が認めようが認めまいが、死罪に変わりないからな。与力さまもそれ以上の追及はなさらなかったぜ。そう言えば、鍋島さまの御屋敷に盗みに入ったことは認めたが家宝の太刀、太閤秀吉下賜の太刀を盗んだことは認めなかったな」

日が経つにつれ大橋はこのことが気にかかると言い添えた。

鍋島藩邸で盗みを働いた直後、紅寅党は捕縛された。そのため、鍋島家は北町奉行所の取り調べに協力的であったそうだ。千両箱は戻って来たが太閤秀吉下賜の太刀が戻らないことを強く奉行所に訴えたそうだ。大橋も紅寅小僧に執拗《しつよう》に太刀の行方《ゆくえ》を問い質したのだが紅寅小僧は盗んでいないと言い張ったそうだ。

妙である。

五

翌二十五日の昼、根津のお勢の家に闇御庭番が揃った。

外記が、

「春風の調べにより、持田加兵衛による松本左衛門騙し討ちの一件、鍵を握るのは重松家中の大和と諸田であることがわかった。一件があったのは一年前の神無月一日の夜、また、その未明には紅寅党が屋敷に忍び入ったことも判明した。紅寅党の盗みと松本左衛門殺し、関係があると考えてよいだろう」

と、皆を見回した。

異論を唱える者はいない。

外記は続けた。

「大和と諸田から話を聞く必要があるが、二人とは幸い義助が接触した」

外記は義助を促した。

「大和は大の酒好き、諸田は食い意地が張っています。とっても、剣が達者なんて見えませんでしたぜ。だらけているっていいますかね、隙だらけで、あれじゃあ、あっしだって天秤棒で簡単にやっつけられそうですよ」

という義助の報告を春風が引き取り、

「豊年屋稲太郎もそう申しておりましたな。とても腕が立つようには見えないとね。義助さんが言ったように、だらしない人たちだそうですよ」

すると外記が真中に、

「義助と春風はこう申しておるが……」

真中は静かに見返し、

「それは違うと思います。大和と諸田、恐るべき使い手と見ました」

と、道場破りをした時のことを語った。

「でも、真中さんは、大和と諸田とは手合わせをしていないんでしょう」

義助は納得できないとばかりにすぐに反論した。

「剣は交えておらぬ。確かにだらけた様子であった。しかし、それは裏白波流独特の構えなのだ。侮っては死を見るぞ」

「へえ、そんなもんですかね」

納得できないように義助は春風を見た。

「真中さんがおっしゃるのだからね、凄腕の剣豪なんでしょうな。だとしたらですな、益々わからないね。どうして、そんな凄腕の二人が宿直をしていながら、紅寅党にあっさりと千両箱を盗まれたんだろうね」

春風の疑問には義助が答えた。

「やっぱり、大和と諸田は宿直を怠けていたんですよ」

「やっぱりそうなのかね。でも、それならね、御家から咎められると思うんだよ。少なくとも道場の役目は解かれるんじゃないかね」

春風の疑問に、

「ああ、そうか」

義助もわからない、お手上げだと言った。

するとお勢が、

「だからさ、ここで考えていたって仕方ないよ。大和と諸田から話を聞きだせばいいじゃないのさ」

あっさりと言った。

続いて一八が、

「やっぱり、お勢姐さんとやつがれの出番でげすよ」

と、扇子を開いたり閉じたりした。

外記は庵斎を見た。

「段取りはできておりますぞ」

庵斎は肥前屋九右衛門に座敷を取らせる約束をしたことを話した。

「さすがは、村山のおじさんだね」

活躍の場ができてお勢は喜んでいる。

一八も、

「あとは任せてください。これからはお勢姐さんとやつがれの舞台でげすからね」

と、自信満々に言い立てた。

ふと庵斎が、

「あ、いかんいかん。九右衛門が座敷に来ることは段取りをつけたのだが、大和と諸田のことは聞いておらなんだからな、座敷に呼んではいないぞ」

お勢は庵斎を責めるような目で見て、

「なんだ、それじゃ駄目じゃないの。ほんと、村山のおじさんたら、抜かっているわねえ」

「ほんと、大抜かりでげすよ」

一八も責める。

庵斎はむっとして黙り込んだ。

春風が、

「ならば、大和と諸田も誘ってやればいいですよ。稲太郎から声をかけさせます。ああ、そうだ。稲太郎に接待させますよ。大和と諸田に加えて九右衛門にも近づけば、きっと面白いネタが引っ張れると、そそのかします」

「役者は揃うってことだね」

お勢はうれしそうだ。

ここで春風は大橋が気にしていた紅寅小僧が頑として認めなかった盗みが何件かあることを話した。

外記は興味を引かれたようだったが見当がつかず、

「盗みに入ったはずの大名屋敷がわかるまでは保留と致そう。まずは、重松家抱屋敷の探索だな」

と、結論づけた。

三日後の晩、九右衛門は馴染みの料理屋の奥座敷に大和と諸田、それに豊年屋稲太郎と春風と共にいた。

「いえね、重松さまの抱屋敷の皆様のお陰で随分と儲かりましたんでね。ほんのお礼でございます。今後ともよろしくお願い致しますね。次はですよ、もっともっと面白い絵草紙を出しますんで、ご期待ください」

稲太郎は揉み手をした。

「そら、すまんたいね」

九右衛門は上機嫌だ。

飲み食いが始まった。諸田はひたすらに食べ、大和は箸を割ることなく飲むことに徹している。

しばらく談笑が続いたところで、

「お邪魔しますよ」

と、庵斎が入って来た。

「お師匠さん、待ってましたよ」

九右衛門は自分の横に座るよう促した。

「待っていたのはわしじゃなくて、辰巳芸者ですな」

言いながら庵斎が座ると、

「決まっとるたい。芸者はまだとね」

抜け抜けと答えるのが九右衛門らしい。

「まあまあ、そう、急《せ》かしては損ですぞ」

庵斎は言い、

「いいよ」

と、声をかけた。

障子が開き一八が、

調子よく扇子を開いたり閉じたり、ぱちぱちやりながら入って来た。派手な小紋の小袖を尻はしょりして色違いの羽織を重ね、濃紺の股引で足取りも軽く九右衛門の前に正座をした。

「いよ、こちら、太っ腹な旦那でげすよ。障子越しに旦那のお言葉が耳に入ったんでげすが、男っぷりのよい九州のお国訛《なま》りがおありでげすな」

「わしは肥前佐賀の商人だ。生まれと育ちは博多ばい」

「これはうれしいでげすな。やつがれも博多帯は大好きでげす。高くて締められませんがね」

「そんなことはよかたい。はよ、別嬪《べっぴん》しゃんを呼んでくれ」

九右衛門が急かすと、

「おっと、こちら、太っ腹ですが、粋じゃござんせんでげすね。無理もございませんね、誰だって美人には弱い」

などと、言ったところで、

「御免くださいまし」

お勢が入って来た。

「いよ、凄い」

薄化粧、地味な鼠色《ねずいろ》の着物に羽織を重ね素足《すあし》である。男装であるが、足の爪に紅《べに》を差しているのが色香を漂わせ、辰巳芸者になり切っていた。手には中棹の三味線を持っている。

「勢吉《せいきち》です、よろしく」

辰巳芸者らしく男の名を名乗り、三味線を脇に置くとみなに三つ指をついた。

「こら、別嬪ばい。博多人形のごと、白か肌ばしとるとね」

九右衛門はやに下がった。

「まあ、一八さんより、お上手だこと」

お勢は照れるように目を伏せた。

「世辞じゃなかたい、ねえ」

九右衛門は大和と諸田に同意を求めた。

大和は杯を膳に置き、諸田は箸を止め、そうだと賛意を表したもののすぐに飲み食いを再開した。稲太郎が、

「確かに美人だ。ねえ、春風先生、絵になりますよ。今度の絵草紙に登場させましょうよ。そうだ。松本左内の想い人。辰巳芸者の勢吉は左内のためにお座敷を勤め、嫌な客相手にも愛想《あいそ》を振りまくってのはどうです」

「さすがは豊年屋さんたいね。いいこと、考えんしゃる」

九右衛門の賛同を得られ、

「勢吉はですよ、献身的に左内を支えるために……」

興に乗った稲太郎を、

「まあ、話の筋はおいおい考えましょう」

春風が宥めた。

稲太郎が口を閉じたところで、

「では、唄《うた》なんぞ」

お勢は三味線を弾《ひ》き老松《おいまつ》を唄い始めた。

「げに治まれる四方の国、げに治まれる四方の国、関の戸ささで通はん、これは老木の神松の……」

心地よい三味線の音色にお勢の艶っぽい声が重なり、座敷は静まり返った。大和は杯を膳に置き、諸田も箸を止める。

みながお勢の唄に聞きほれたところで、九右衛門と稲太郎は舟をこぎ始め、やがて寝入ってしまった。一八が眠り薬を入れた酒を飲ませたのである。二人が寝入ったところで、お勢は唄を止め、撥《ばち》を頭上高く掲げたと思うとさっと振り下ろした。

三味線が甲高く響いた。

次いで、お勢は妖艶な眼差しを大和と諸田に向ける。撥を小刻みに動かす。まるで雨垂《あまだ》れのような音色が座敷を覆った。

大和と諸田はぼうっとなった。

もっとも、普段から茫洋とした二人なのだが、今は目がうつろとなり、心ここに在らずといった態《てい》となっている。

おもむろにお勢は、

「大和さん、諸田さん、お話ししましょうよ」

と、語りかけた。

二人はうなずいた。

この瞬間、お勢と大和、諸田だけが座敷の中で蚊帳《かや》の中にいるようになった。まるで、結界《けっかい》が張られたようだ。

お勢必殺の三味線催眠術である。三味線の音色で相手に催眠術をかけ、聞き出したい話を引き出すのだ。

「紅寅党が盗みに入った夜のこと、聞かせてくださいなあ～」

唄うようにお勢は語りかける。

「わかったよお～」

大和も唄い返した。

「お二人さん〜、宿直だったのよね〜」

「でもねえ〜、松本さまと〜持田さまにね〜代われと言われたんだ〜」

大和が唄い、

「そうだったよね〜」

諸田は太鼓腹《たいこばら》を叩き、調子を取りながら唄った。

松本左衛門と持田加兵衛が大和と諸田に代わって宿直に残った。すると、紅寅党が盗みに入った夜、二人は道場にいた。一体、何があったのだろう。

「どうして〜お二方は宿直を望んだの〜」

「わからな〜い」

大和は節をつけ、朗々《ろうろう》と返した。意外にもいい声音だ。

調子づいたのは諸田も同様で、着物をはだけむき出しになった太鼓腹を両手で叩きながら、

「お二方、険悪《けんあく》な雰囲気だったから〜話し合うつもりだったんだろうよ〜」

「どうして険悪な雰囲気になったの〜」

「わからな〜い」

諸田が返すと、

「わからな〜い、ああ、わからな〜い」

大和は手拍子《てびょうし》を取り始めた。

これ以上訊いても何も出てきそうにない。

お勢は再び撥を頭上高く掲げ、ひと際強く三味線を打ち鳴らした。

大和と諸田は目をぱちくりとさせ、

「いかん、転寝《うたたね》をしたな」

という大和の言葉に諸田は、

「勿体ないな」

と、寝入っている稲太郎と九右衛門の料理にまで箸を伸ばした。


あくる日の朝、お勢の報告を聞いた外記は、橋場の自宅居間で真中と向かい合った。

「お頭、二人の間に何があったのでしょう」

真中の問いかけに、

「大きな確執《かくしつ》が生じた。それを克服《こくふく》せんと二人で道場に残ったのであろうが、さてその具体的な確執となると見当がつかぬ。それと、確執があったにしても、紅寅党が盗みに入ったのに、二人がそれを見過ごしたというのは解せんな」

外記は思案をした。

「一体、何が」

真中も謎が一層深まったと思案を深めた。

「松本左衛門と持田加兵衛が対立していたこと」

外記は思案してから、

「もしや」

と、目を見開いた。

「何か」

真中が目を凝らした。

「これは、予想だ。従って、確信は持てない」

「お聞かせください」

真中は頼んだ。

「ならば、話して聞かせたこと、矢崎にぶつけてくれ」

外記が頼み返すと真中は真摯な目で承諾した。

あくる日、真中は再び重松家の抱屋敷を訪れた。

「また、あんたか」

九右衛門が真中を見て鼻で笑った。真中が道場に行きたいと告げると、

「ほんと物好きたいね」

小馬鹿にしつつ真中を屋敷の中に入れた。

道場の前庭で例によって大和と諸田が素振りをしている。今日は珍しく素振りをしているのだが、いかにもだらけた様子である。真中に気づくと、

「なんだ、また来たのか」

大和があくび混じりに問いかけてきた。

「矢崎どのと二人で話がしたい」

真中の申し出に、

「頭取と何度手合わせをしたって、勝てないよ」

諸田は呆けた顔であくびをした。

「今日は武芸談義をしたいのです」

真中は言った。

「へえ、武芸談義ね」

大和はからかうかのようだ。

「失礼致す」

真中は道場の玄関に入った。

声をかけると矢崎が出て来た。以前と同じくふ抜けた表情であるばかりか、胴着の胸がはだけている。

「今日も手合わせかな」

矢崎に問われ、

「武芸談義でござる」

「ほほう、それはまた」

矢崎は興味を抱き、玄関脇の座敷に入った。真中と向かい合わせになる。まるで禅問答のように緊張した、のは真中だけで、矢崎はあくびに加えて胸元をぽりぽりと掻く緊張感のなさだ。

相手の調子に引き込まれてはならじと、

「白波一刀流の極意とはいかに」

いきなり真中は問いかけた。

矢崎はあくびを嚙み殺し、

「誇りですな」

態度にそぐわない言葉が返された。

「なるほど、誇りですか。孤高《ここう》の流派らしい極意ですな。その極意は松本、持田、御両所の教えでもあったのですな」

「当然ですな」

「失礼ながら矢崎どのも持っておられましょうな」

「もちろん。わしとて誇りを持ち続けておりますな」

「では、その誇りを持ち続けるということはどういうことでござるか」

「剣の腕が保てなくなったら、誇りは失われる、ということだな」

この時ばかりは矢崎の表情が引き締まった。が、それも束の間のことで、すぐに口を半開きにして呆けた表情となった。

「剣の腕が保てないとは、どのように見極めるのですか」

「頭取補佐以下、月に一度、総当たりの試合を行います。その試合によって、順番を決めるのですな。十番目、つまり、どん尻になった者は、二月続いてどん尻になったら、この道場を去らねばなりませぬ。萬雑説方の役目からも外されます」

のんびりとした口調で厳しいことを矢崎は訥々と述べ立てた。

「なるほど、厳しいものですな。ちなみに道場から去ったらどうなるのですか。たとえば、禄《ろく》が減らされるとか御家の中での地位に影響するのでしょうな」

「いいや、そんなことはありませんな」

矢崎は否定した。

首を捻った真中に、

「この役目から落ちようが禄が減らされることもありませんぞ。ちなみに、頭取を務めるわしは百石、大和は百五十石、諸田は五百石の上士、道場の中には五石という微禄《びろく》の者もおりますな」

「なるほど、誇りという意味がよくわかります」

まさしく誇りのみで務めている集団である。

「そんな集団の頭取を務めるとなると、まさしく誇りの塊《かたまり》となりましょうな」

すると矢崎は破顔《はがん》して、

「さては、真中氏、誇りなどという偉そうなものに一番遠そうなわしが頭取を務めておることに疑問と戸惑いを覚えておられるのではござらんか」

「いや、そんなことはござらぬ。松本どのは存ぜぬが、持田どのとは剣を通じて親交を温めたのです。持田どのはまこと剣客としての誇りを持っておられた。松本どのもそうであったのでしょう」

真中がここまで言ったところで、

「真中どの、何しに来られた」

矢崎は問いかけてきた。

「ですから、武芸談義でござる」

真中は目を凝らした。

「腹を割ってくだされ。まことの訪問目的を述べられよ」

目元も緩め、世間話をするような口調であるが、有無を言わせない気迫《きはく》を漂わせている。

「一年前の神無月一日の夜、ここに紅寅党が盗みに入りましたな。こちらでは千両箱が一つ盗み出されております。大和さんと諸田さんが宿直しておられたが、まんまと盗み出されてしまった。ところが、当日は大和さんと諸田さんに代わって松本どの、持田どの、そう、頭取と副頭取が宿直を務めておられた。そのお二人がいながら、紅寅党に千両箱を盗み出された、一体どうしてでしょうな」

真中は矢崎を見据えた。

矢崎は黙って見返し、

「真中どの、公儀御庭番ですか」

視線が交わる。

鋭さが微塵《みじん》も感じられないどんよりとした瞳ながら、真中の心の内にまで踏み入るかのような威圧感がある。背筋に悪寒が走ったのに、額に脂汗が滲んだ。

動揺を気取られまいと真中は矢崎から視線を外さず、頬を緩めて返した。

「御庭番のわけがございません。わたしの顔をよくご覧くだされ。自他共に認めるお人好しですぞ」

なるほどと呟いてから矢崎は首を捻り、

「町方の隠密廻り同心でもなさそうだ。町方が大名家を探索するはずはなかろうしな」

「わたしは持田どのを尊敬しておりました。その死の真実をどうしても知りたくなった。それだけのことです」

淀みなく真中は答えた。

「そうですか、わかりました。わしは、真中氏を信用するに足る御仁と思いました。剣が真っ直ぐでしたからな。よろしい、お話し致す」

意外にも矢崎は受け入れてくれた。

思わず真中は居住まいを正した。

「松本左衛門は誇りを失ったのでござる」

まずは結論だと矢崎は言った。

あまりに抽象的《ちゅうしょうてき》でよくわからない。真中は説明を求めるかのように目を凝らした。

「松本どのはいつしか真剣が握れなくなってしまったのです。それはわしらの目からはわかりませんでした。普段の稽古は持田どのがつけておりました。松本どのと持田どのの間に漂う緊張は只ならぬものでござった。察するに、持田どのには松本どのの衰えがわかっていたのでしょう」

しかし、松本はそれを認めたくはなかった。持田はこれ以上、萬雑説方の役目、肥前白波一刀流の師範としての務めはできない、隠居してはと説得したのだと矢崎は言った。このことは、松本斬殺後の取り調べで持田が証言したのだそうだ。

「その決定的な時が紅寅党が盗みに入った夜でござった」

あの夜、持田は松本に引導《いんどう》を渡すべく大和と諸田に代わって松本と共に宿直をした。持田は道場で素振りをしていた。

武者窓に向かって松本が立っていた。

持田は何事かと松本の側に寄った。すると、松本はぶるぶると震えている。外を見ると紅寅党が千両箱を盗み逃げ去るところだった。

松本は膝からくずおれた。

次いで哀れみを請うような目で持田を見た。持田は正直に藩庁に届けることを勧めた。持田は自分も千両箱を盗まれた責任を負うと松本を説得した。

松本はうなずいた。

しかし、

「松本どのは逆上し、木刀で背後から持田どのを殴ろうとしたのです。持田どのは咄嗟に避《よ》け、反射的に手にあった木刀を振り下ろした。真中どのならご存じでしょう。持田どのの剛剣、白波一刀流、荒波下ろし。兜ごと脳天を断ち割る技です。木刀といえど、食らえば命はありませんな」

持田の木刀は前のめりになった松本の後頭部を直撃、一瞬で松本は落命した。

「真実はまこと、呆気《あっけ》ないものですわな」

矢崎は言った。

拍子抜けしたが、それが真実というものなのかもしれない。

「おわかりくだされたか」

矢崎に問われ、

「そうですな」

あやふやなことばしか返せない。

「それで、持田どのは御家を辞されたのですな」

「このことは一切口外しないということを条件に、重役方は千両が盗み出されたことも不問に付しました。御家と松本どのの名誉のためもありますからな、持田どのも承知してくださいましたぞ」

「持田どのはそれを守って江戸の市井に暮らしておられたと存じます。それが何故、仇討ちの対象となったのですか」

静かに真中は問いかけた。

「それは……」

矢崎が答えかけた時、

「左内どのから仇討ち認可を求められたから、などとは申されまいな」

「腹を割ると申したはず。正直にお答え致します。紅寅党の頭目、紅寅小僧が捕縛されたことがきっかけです」

紅寅小僧は町奉行所に自分の罪状《ざいじょう》を白状することが予想された。その時、松本のことが発覚するかもしれない。実際、紅寅小僧は江戸市中を引き回されると、大名屋敷の者たちは腰抜けだとののしった。

「奉行所から松本どのの腰抜けぶりが漏れれば当家の名誉、白波一刀流の誇りが傷つけられるのです。当家は武芸の御家として知られております。御家の沽券に関わりますな」

「それで、持田どのを訪ねられたのですか」

「いかにも」

「訪ねられていかがでしたか」

「むろん、持田どののことゆえ、口外する心配はないと思いましたが、やはり御家を離れ、暮らしに窮しておられたようです。脅されたのですよ」

矢崎の目が黒く淀んだ。

こんな暗い表情も矢崎は浮かべるのだと真中はいささか戸惑った。

「持田どのは金子百両を要求してきた」

「そんな馬鹿な」

真中は否定した。

「人格高潔な持田どののしかご存じない真中どのには信じられぬことでしょうな。ですが、人は変わる。貧すれば鈍する。萬雑説方を辞め、御家を去り、持田加兵衛どのは誇りを失われたのですよ」

「持田どのが金子を無心するなど、信じられませぬ」

真中は強く首を左右に振った。

「しかし、それが真実。一度金子を渡せば、それが癖になる。いつまでも強請《ゆす》られるわけにはいきませぬ。それゆえ、左内に仇討ち名目で討たせたのです。いや、左内にその腕はありませんから、わしが討ちましたがな」

矢崎なら持田を討てるかもしれない。しかし、一撃でとは。持田とて、警戒していたのではないだろうか。

「わしに持田どのが討てるかと考えておられるのですな」

矢崎はのほほんとした顔で問いかけてきた。

真中は答えず話の続きを待った。

「それは、百両ですよ」

矢崎はさらりと言ってのけた。

果し合いを前に矢崎は持田に百両を渡すと文にしたためた。果し合いの場には刻限より早めに来て欲しいと要望したのだった。持田は左内など眼中にない。仇討ちに応じたのは矢崎が持参する金子百両のためであった。

「百両を渡した時、持田どのは金子に気が向いてしまいました。わしは鎧通しで持田どのの咽喉を刺し貫きました」

矢崎は言った。

外記が語った龍造寺家の忍びの技はやはり裏白波一刀流に脈々と受け継がれていたのだ。

「その隙をついたとおっしゃるのですな」

「そういうことですな。もっとも、百両に目が眩《くら》んで隙が生じたのも、御家を離れ、白波一刀流の稽古ができず、武芸者としての勘《かん》が鈍ったのでしょう」

さらりと矢崎は言ってのけた。

謎がさらに深まったような思いで、鬱々とした気分が真中の胸を覆った。

「得心《とくしん》がゆかぬかもしれませぬが、以上が真実です。真実を明らかにしなかったのは、持田どのへの武士の情けですよ。百両を脅していたなど、不名誉この上ないですからな。まだしも、仇として討たれた方がましでござろう。松本左内にしても武名が高まり、帰参が可能になった。ついでと申しては何ですが、当家の武名も高まった。結果としてはよかったと思いますぞ」

「やはり、わたしには信じられませぬ」

受け入れようとしない真中に、

「無理もないですな。貴殿は剣客としての持田どのしかご存じないのですからな」

「そうだとしても」

真中の脳裏に凛とした風格を漂わせる持田加兵衛の姿が浮かぶ。

「真中氏、がっかりさせましたかな。世の中、知らずにおいた方がよいこともあるのですぞ。それと、これはわたしからのお願いですが、真実を表沙汰にしないで頂きたい。それは持田どののため、左内のためです。どうしても、明らかにされるのなら、わたしは左内に助太刀をしたと言い逃れるつもりです。よいですな」

矢崎は釘を刺した。

「むろん、わたしも表沙汰には致しませぬ」

真中は答え腰を上げようとした。

そこへ、

「ご隠居さん、お元気かな」

茶飲み話のような様子で矢崎は問いかけた。

「いたって元気ですぞ……」

問われるままに答え、真中ははっと口をつぐんだ。

「ほう、爺を知っておるのか」

矢崎はにんまりとした。笑顔がこれほど怖い男に会ったことはない。

「何のことですか。つい、生返事をしてしまったのですが」

取り繕ったが、大和や諸田以下、萬雑説方の面々が入って来た。諸田が畳に置いた真中の大刀を取り上げた。

「真中氏、武芸談義の続きを致そうか」

矢崎は間延びした口調で言った。

第四章　白波の本道

一

真中が矢崎を訪ねた日の昼下がり、江戸城中にある水野忠邦の用部屋に鳥居耀蔵は呼ばれていた。

「その方の建議書、読んだぞ」

水野は切れ長の目を向けた。

「いかがでございましたか」

上目遣いに水野を見る鳥居は心なしか誇らしそうだ。

「長崎防衛の強化策であるが、小普請組と九州の諸大名から兵を出させ、肥前佐賀城に在陣させる、また、長崎近郊の島々に砲台を設置すること、なるほど実現できれば、異国船の侵入を許さぬ方策であるな」

淡々と水野は述べ立てた。

「御意にございます」

「この建議の基《もとい》は申すまでもなく、佐賀藩鍋島家三十五万七千石の減封、すなわち、領地の半分程を御公儀が召し上げることにある。それができなくば、絵に描いた餅じゃ」

「よくわかっております」

「それには鍋島家を追い詰めねばならぬ。その方は追い詰めるために、高島秋帆と鍋島家が軍備増強を隠れ蓑《みの》とし、手を携えて抜け荷にて私腹を肥やしておることを暴き立てると申しておるが……」

ここで水野は言葉を止めた。

鳥居も口を閉ざした。

水野は一旦、鳥居から視線を外したが程なくして戻した。眼光は鋭さを帯び、

「鍋島家と高島の抜け荷の吟味、いかがなっておるのだ」

と、苛立ちを示した。

鳥居は伏し目がちとなり、

「水野さまにご紹介頂きました諫早藩重松家の矢崎兵部より、鍋島家と高島秋帆が組み、抜け荷を行っておるとの雑説を得ました」

「それは存じておる。高島の吟味は進んでおるのかと訊いておるのだ」

水野の物言いは厳しくなる。

「進めておりますが……」

「高島は鍋島と抜け荷を行っていること、認めたのか」

「間もなく認めると存じます」

苦しげに鳥居は答えた。

「高島は認めておらぬのだな」

再度水野に問われ、

「間もなく……」

「認めておらぬのじゃな」

強い口調で念押しをすると、鳥居は両手をついた。水野は冷笑を浮かべ、

「はなはだ、心もとないのう。そんなことで、鍋島家を減封にできるのか」

「必ずや、追いつめてみせます」

「方策は」

「高島……」

「高島は認めぬのであろう」

畳みかけるように水野は責める。

「ですが……」

突き出た額に鳥居は脂汗を滲ませた。

冷然と見つめる水野に対し、鳥居は半身を乗り出し、

「高島を拷問《ごうもん》にかけること、お許しください」

「拷問じゃと」

水野は不快に口を曲げた。

「高島の身体に訊くのが早道と存じます」

勢い込み鳥居は頼み込んだ。

「ならん」

ぴしゃりと水野は拒絶した。

鳥居は不満そうに口をつぐむ。

「高島にはな、幕閣内においてその才能、技量を高く買う者は少なからずおる。さよう、このわしも高島の技量は捨て難いと思っておる程だ」

「ならば、高島を捕縛させた拙者は間違っておると申されますか」

「そうではない。どのような優れた者であろうと御公儀に背けば咎人となる」

「咎人ならば拷問にかけることも辞さぬのが吟味というものでござります」

鳥居は言葉を励ました。

「高島を拷問にかけ、鍋島家と謀って抜け荷を働いておると無理に白状させたところで、世間は納得せぬ」

「世間などどうにでもなります。実際、蛮社に属した洋学者どもを摘発した際にも世間は拙者に対し、非難がましいことを申し立てておりました」

「学者ども相手ではない。鍋島家三十五万七千石を追い込もうというに、拷問で無理に白状させた証言だけでできると思うか。三方領地替えを思い出してみよ。庄内《しょうない》藩酒井《さかい》家の転封《てんぽう》に領民どもは領内を挙げての一揆《いっき》を起こした。鍋島家の領内で大規模な一揆が起きてはどうする」

「……鎮圧《ちんあつ》……鎮圧するまでで……」

「たわけが！」

水野は甲走った声で叱責を加えた。

鳥居は後ずさり平伏した。それでも、言い訳がましく、

「鍋島の領内で一揆が起きるとは限りませぬ」

「いかにも起きるとは限らぬ。しかし、高島がやってもいない罪を拷問で白状させられたという噂が流れ、そのために鍋島家が減封処分になると知られれば、領民どもは素直に御

公儀の仕置きには従わぬ。長崎とて高島処分に憤る者も出てこよう。いずれにしても、混乱は避けられぬ。その混乱に乗じて異国船が長崎を脅かすであろう。さすれば、本末転倒、長崎防衛の強化は水泡に帰す。高島と鍋島家処分を優先する余り、肝心の長崎を守れなくなるのだ」

立板に水の調子で水野は持論を述べ立てた。

鳥居はぐうの音も出ない。

水野は表情を落ち着かせ、

「抜け荷の証を得よ。高島の証言に頼るだけでは鍋島家の減封、ままならぬぞ。わかったな。ならば、下がってよい」

水野に釘を刺され鳥居はほうほうの態で用部屋を後にした。

南町奉行所の役宅に戻ると鳥居は内与力の藤岡伝十郎を呼んだ。

「重松家中の矢崎兵部に遣いを出し、直ちにここに来るように申せ」

鳥居の不機嫌さを配慮し、藤岡は無言で遣いを立てようとしたが、

「よい、わしが出向く」

居ても立ってもいられないように鳥居は早口に言った。

　真中は追い詰められた。

　大和と諸田が口を半開きにしながら、真中に迫る。

　ここは、ひとまず退散すべきだと真中は座敷を出ようとした。しかし、萬雑説方の侍たちが立ち塞がる。

「頭取、斬ってもいいな。また、やってみたいんだ、白波一刀流荒波下ろし、あれは気持ち良かったぞう」

　快感に震え大和が矢崎の許可を求めると、

「いいぞ」

　投げやりのようなやる気のない態度で矢崎は答えた。

　真中は覚悟を決めた。

　大刀を奪われたとあっては脇差で、たとえ一太刀でも浴びせて潔く散ろう。覚悟を決めたところへ九右衛門がやって来た。白刃を手に、真中を囲む大和たちを見て、

「おや、血の気の多か人たちたいね」

　と、笑い声を上げた。

「いいところへ来たよ。肥前屋さん、見物していったらどうだ。大和さんがね、白波一刀

流荒波下ろしって、凄い技を披露してくれるんだぞ」

諸田が誘うと、

「それもええが……客人たい」

九右衛門は矢崎に言った。

「待たせたらいいだろう。すぐに済むのだから」

大和が割り込む。

「そうもいかんたい、客人は妖怪奉行さまたいね」

かぶりを振って九右衛門が告げると、

「それは、それは……鳥居が何用かな……ああ、そうか。鍋島家の一件、上手くいっておらんのかな。よし、相手になってやるか。妖怪奉行さまの困り顔を見るのも楽しかろうて」

矢崎は真中を土蔵に閉じ込めておくよう命じた。

「大和さんに任せますか」

諸田は太鼓腹を手で叩きながら確かめた。

「いや、もう少し、生かしておこう。この者が誰の命令で探っておるのか、知りたいからな。爺のことも気になる」

矢崎に言われ、

「それもそうか」

大和が納得をしたため、みな矢崎に従った。

矢崎は九右衛門と共に番所に向かった。

夕暮れ時、茜《あかね》さす番所の座敷に頭巾を被った鳥居が座していた。羽織、袴の軽装である。

「稽古中ゆえ、こんな格好ですみませんな」

胴着の両袖を手で引っ張りながら矢崎は挨拶をした。鳥居は黙って顎をしゃくった。自分の前に座れと無言で命じている。

さすがに矢崎はあぐらではなく正座をして、

「火急《かきゅう》の用向きでござりますかな」

「鍋島家、抜け荷の証を示せ」

横柄な態度で鳥居は命じた。鳥居の家来でも幕臣でもない矢崎へ命令などできないはずだが、それが鳥居の焦りを表しているようだ。

「鳥居さま……鳥居さまがご自身で高島秋帆を……その……何でございますよ……ええっ

と……何でございますなあ。つまりですなあ、鳥居さまが、ご自身で追い詰めるのではなかったですかな」

鳥居の苛立ちをあおるかのように矢崎は普段にも増して訥々とした口調で問い直した。

鳥居は眉間に皺を刻み、

「高島はしぶとい」

と、吐き捨てた。

「ほほう、弱音ですか。それはまた、鳥居さまらしくはありませんな」

「高島を拷問にかけるわけには参らぬ。幕閣の中には高島を優れた砲術家だと擁護する方々がおられるからな。吟味を繰り返しても、高島は学者だけあって、傲然と理屈を並べおる。鍋島家中の者の中には懇意にしている者はおると認めたが、共に抜け荷を行っておることは断固として認めぬ。無理に自白を引き出すことはできぬのじゃ。挙句にあ奴、吟味の場を借りてとうとうと持論を語りおる。異国に対抗するには国を開いて異国の文物を取りいれよと抜かしおったわ」

鳥居は拳を握り締め、ぶるぶると震わせた。

「手を焼いておられますなあ」

他人事のように矢崎が返すと鳥居は矢崎を睨み、

「そなた、高島と鍋島家中が抜け荷に加担しておると申したが、その証はあったのか」

「繰り返しますが、証は鳥居さまがどうにでもなさるということでござりましたぞ」

矢崎は動ずることなく答えた。

鳥居は小さく息を吐いてから、

「証を見つけよ。でっち上げでもよい。鍋島家中と高島が抜け荷に手を染めたことを証拠立てるものを見つけ出せ。そなたら重松家、萬雑説方の腕を示してみよ。功を挙げればわしが水野さまに上申し、鍋島家中から召し上げた領地の一部を重松家に加増して頂く」

横柄な態度に加えて餌を示した。目元を緩め、喜ぶであろうと矢崎を見た。

が、矢崎は相変わらずの呆けた顔で、

「それはありがたいですが、あまり欲はかかん方がいいですわな。証を見つける役目は、まあ、やらんことはないですがな……つい先日も、鍋島家の隠密を始末したばかりですからな、当家に対する警戒は厳しくなっていますわなあ。そんでも、わしらも探索を役目としておりますので、やらんわけにもいかんですが……まあ、できるかどうか、いや、見当はついておりますから、やれそうですがなあ」

のらりくらりとして摑みどころのない矢崎の返事に、

「そなた、わしがいつまでも甘い顔をしておると思うな」

鳥居はすごんだ。

矢崎はうつろな目のまま、

「おお、怖い……」

肩をそびやかした。もちろん、その表情からは恐怖心など微塵も感じられない。鳥居は苦々しい顔でむっつりと黙り込む。

「ああ、そうだ。犬を一匹、捕まえたのです。鳥居さま、ご覧に入れましょう」

どっこいしょと矢崎は立ち上がった。

鳥居は忙しいと座敷を出ると、

「こっちですぞ」

矢崎に袖を引っ張られた。

二

真中は土蔵に押し込められた。

正座させられ、後ろ手に縄で縛られた上に、柱に括りつけられている。日は暮れ、灯り取りの窓の向こうに闇夜が広がっている。

身動きができない。

矢崎が戻って来たら口を割らせようと厳しい尋問、いや、拷問を加えるだろう。裏白波一刀流が行う拷問、筆舌《ひつぜつ》に尽くせぬ凄まじさに違いない。白状するまで死なせてはくれないだろう。

想像するだけで背筋がぞっとなった。

猿轡《さるぐつわ》をかまされているため、舌を噛み切ることもできない。とんまな顔つきの連中が想像を絶する拷問を加えるのだ。

恐怖に襲われ、真中は縄を解こうと両手に力を込める。しかし、解けないどころか、手首に食い込む。

やがて引き戸が開いた。

矢崎ともう一人頭巾を被った侍がいる。頭巾の侍は身形からして、身分ある者のようだ。手燭《てしょく》を手に矢崎が真中の近くまで来た。頭巾の侍も側に立つ。手燭の蠟燭《ろうそく》に照らされた侍は頭巾の隙間からでもわかる突き出た特徴的な額、陰湿な眼差し、妖怪こと鳥居耀蔵である。

矢崎と鳥居は繋がっていたのだ。

矢崎は手燭を鳥居に預け、真中の前に屈み、猿轡を解いた。思わず真中は深く息を吸った。

「誰の指図でこの抱屋敷を探ったのだ」

矢崎は問いかけてきた。

手燭の蠟燭に矢崎のまぬけ面が揺れる。蠟燭の芯が焦げる音が真中の孤立無援《こりつむえん》を際立たせた。

「誰の指図でもないと申しておろう」

気を確かに持って真中は返した。

「いくら、人の好いわしでもな、そんな世迷言《よまいごと》を信じると思うか」

全く緊張感のない表情と声音で矢崎は問いを重ねる。

「貴殿が信じようが信じまいが、わたしは本当のことを申しておる」

真中も殊更《ことさら》に平生《へいぜい》の物言いをした。

鳥居の目が剣呑な色に染められた。

「繰り返し申すが、わたしは持田加兵衛どののぬれ衣を晴らさんとやって来たのだ」

「持田の遺族に頼まれたわけでもあるまい」

「何度も言わせるな。わたしは持田どのと同じ道場であったのだ。持田どのの人格高潔さを知る者として、ぬれ衣を晴らさずにはいられなかったのだ」

真中は横目に鳥居を見た。

「この者が犬と思ったのは何故じゃ」

鳥居が矢崎に尋ねた。

「松本左衛門と持田加兵衛の死を探ってきたからですが、それに加えて、こやつと時を同じくして怪しげな爺が松本左内に近づいておりましたのでな。更には、真中は爺と懇意にしておる様子。二人は仲間、きっと、隠密ではと勘ぐったのですよ」

「怪しげな爺とは……」

鳥居の目が興味に彩られた。

「妙な技を使うのですよ。我ら裏白波一刀流も知らない技です」

「ほう、どのような」

「おい」

腰を上げ、矢崎は戸口に立つ大和を手招きした。次いで、鳥居に預けた手燭を受け取る。

長身の大和はうどの大木を思わせるぼうっとした顔で入って来た。

「怪しげな爺の珍妙奇天烈《きてれつ》な技をやってみろ」

矢崎は命じたが、

「やれって、それは無理ですわ。我らの誰にもできんですよ、あんな技」

「だから、型だけでもやってみせぃ」

「そんじゃ……ええっと、こんな具合でしたな」

大和は腰を落とし、右手を前方に突き出した。

「いいですか。こんな風に右手を差し出すんですよ。そうしたら、陽炎が立ち上ったと思ったら突風に吹かれたみたいに吹っ飛んでしまったんですよ、なあ」

大和は諸田にも声をかけた。

「そうなんです。大和のようなひょろひょろの男だけじゃなくて、わしのような肥えた男でも飛んでしまったのですから、これは驚きの技ですよ」

諸田も戸口から歩いて来た。

矢崎が、

「おまえ、その爺と仲間なんだろう」

「知らん」

真中は顔をそむけた。

ここで、

「やはり、そうか……」

鳥居が野太い声を発した。これを聞き逃さず、

「爺のこと、ご存じなのですか」

矢崎は問いかけたが鳥居の耳には届かず、鳥居は真中に近寄るや、

「貴様、菅沼外記の仲間か」

怒声を浴びせて真中を蹴った。真中は歯を食い縛って耐えた。

「鳥居さま、乱暴はよくありませんぞ」

矢崎に制され鳥居は動きを止め、

「菅沼外記、やはり、生きておったのか」

「菅沼外記とは何者ですかな」

矢崎が問いかけると鳥居は我に返ったように言った。

「公儀御庭番じゃ」

「ほほう、すると真中も公儀御庭番ですか」

矢崎は納得した。

ところが鳥居は意外なことを言った。

「菅沼外記は昨年、死んだのだ」

「では、死んだ者が生き返ったのですか」

矢崎は首を捻った。

「そんなはずはなかろうからな、菅沼外記めは死んだと見せかけたのだろう。そうだな」

鳥居は再び真中を蹴った。

返事をしない真中に代わって、

「公儀御庭番に当家は目をつけられておるのですか。当家は御公儀に潰されるのですか。ひどいなあ、水野さま……それはないですぞ」

矢崎は鳥居に不満を言い立てた。

「水野さまの命で動いておるのではない」

「ああ、そうですな。公儀御庭番は公方さま直属の隠密ですものなあ。すると、菅沼外記は公方さまの命で当家を探っておるのですか」

「それも違う。菅沼外記は昨年死んだ……少なくとも死んだことになっておる。死んだ御庭番に上さまが探索をご命じにはなられぬ」

「ならば何故、菅沼は当家を探るのですかな」

「もし本当に奴が生きておるとしたら、水野さまとわしの行いを邪魔立てしおるのじゃ。菅沼外記を死に追いやろうとしたのは水野さまとわしじゃからな」

鳥居は薄気味の悪い笑いを放った。

矢崎は肩をすくめ、

「菅沼は、御両所の恨みを当家で晴らそうとしておるのですか。鳥居さま、勘弁してくださいよう」

それを無視して鳥居は真中に、

「で、おまえ、菅沼外記の命で探りにきたのだな」

「菅沼外記など、知らん」

真中は吐き捨てた。

「何でも知らんと答えても、受け入れられるものではないぞ」

矢崎は冷笑を浮かべた。

「こ奴の口を割らせろ。菅沼外記、何処に潜んでおるか、聞き出すのじゃ！」

両目を吊り上げ鳥居は叫び立てた。

「知らぬと申しておる」

真中は繰り返したが、鳥居は聞く耳を持たず、菅沼外記は何処に潜んでおると問い続ける。そんな鳥居を、「まあ、まあ」と宥めてから矢崎は確かめた。

「鳥居さま、菅沼外記は爺であったのですかな」

「いや、奴はそれほどの年寄りではなかった。爺に扮しておるのだろう」

「鳥居さまは菅沼の面相《めんそう》はご存じですか」

「では、怪しげな爺が菅沼外記と疑われるのは、あの珍妙な技を使ったということですな」

「知らぬ」

「それだけで、決め付けていいものですかなあ」

「そうじゃ」

矢崎が危惧すると、

「あのような技を使うのは菅沼外記以外には考えられぬ。それとも、他にそんな技を駆使する者を存じておるのか」

むきになって鳥居は問い返した。

「知りませんな」

あっさりと矢崎は首を左右に振った。

鳥居は顔をしかめ、

「それみろ」

「ですが、武芸というものは、まこと奥深いばかりか、広いものですからな。思いもかけぬ技を使う者がおりますぞ」

「それはそうじゃが。まずは、菅沼外記と疑って然《しか》るべきじゃ」

鳥居は考えを曲げない。

矢崎はわかりましたと受け入れてから話題を変えた。

「どうでしょうな。この男を利用できませぬか」

「鍋島の一件にか」

「さようです。ここは鳥居さまのお知恵で……剃刀《かみそり》の如く切れる鳥居さまなら妙案が浮かぶことと存じます」

矢崎に持ち上げられ、

「そうさなあ……」

鳥居は大好きな陰謀を巡らし始めた。一人悦に入っている鳥居に、

「くだらない考えはせぬが上分別というものだぞ」

真中は声をかけた。

水を差された鳥居は、

「黙れ、邪魔をするな」

色をなして怒声を浴びせた。

矢崎は大和と諸田と顔を見交わした。大和と諸田は、鳥居の邪魔にならないよう土蔵の外に出た。

三

「恐ろしいお人だなあ、妖怪奉行さま」

大和が言うと、

「かかわりたくはないお人だ」

諸田も首をすくめた。

二人はどちらからともなく台所に入った。掛け行灯《あんどん》に照らされた台所は薄ぼんやりと玄妙な雰囲気を醸《かも》し出している。

すると、義助が入って来た。

「おお、義助、遅かったではないか。今日はどんな魚だ」

諸田は盤台を覗き込んだ。

「鮟鱇《あんこう》ですよ」

義助が示すと、

「おお、いいな」

諸田は相好《そうごう》を崩した。

「もう、切り身にしていますんでね、鍋にしましょうかね」

「そうしてくれ」

　諸田は舌なめずりをした。

「おやすい御用で」

　義助は手早く料理にかかった。包丁を砥石《といし》で研ぎながら、

「何か騒がしいですね」

　義助が周囲を見回すと、

「鼠を一匹捕まえたんだ」

　大和が言った。

「鼠……ああ、盗人ですか」

「そういうことだ」

「どんな野郎なんですか」

「道場破りのふりをしてな、屋敷に入り込んだ。武士たる者、落ちぶれても盗みはしたくないもんだな」

　諸田は太鼓腹を撫でさすった。

「お侍が盗みとはね」

義助は真中が捕まったと察した。

次いで、

「そのお侍、御奉行所に突き出すんですか」

義助は二人に問いかけた。

「そうなるんじゃないか」

大和は他人事のように答えた。

「まさか、こちらで始末をなさるんじゃござんせんよね」

義助が問い直すと、

「なんだ、おまえ、盗人が気になるのか」

諸田が問いかけた。

「だって、お侍が盗人なんて、どんな野郎だか気になりますよ。拝むわけにはいきませんかね」

義助の頼みを、

「おまえも、野次馬根性が凄いなあ」

諸田は呆れた。

「いえね、魚河岸に行きますとね、色んな世間話が披露されるんですよ。それで、なるだけ、面白い話をするのが自慢になりますんでね」

義助は頭を掻いた。

「魚河岸は野次馬の集まりだな。ま、見せることはできんが、どんな奴かぐらいなら話してやってもいいぞ」

大和は言った。

「そいつはありがてえ。盗人に身を落とすくらいですから、どうせ、間抜け面でしょうがね」

「それがな、中々の男前だぞ。なあ、大和」

諸田に声をかけられ、

「立ち姿も様になっておった。まだ若いな。浪人特有のうらぶれた感じのない、凜とした男だ。そうだ、我らよりもよほどに侍らしいぞ」

自虐の言葉を平気な顔で言い、大和はがははと笑った。

「へえ、そんなお方が盗みを働くなんて、何か深い事情があったんですかね」

義助の疑問を、

「食うに困ったんだろうさ」

当然のように諸田は言ったが、

「でも、浪人らしくないんでしょう。うらぶれていなかったそうじゃござんせんか。食うに困ってなんかいなかったんじゃござんせんかね」

義助が矛盾をつくと、

「それもそうだな」

諸田は納得してしまった。

大和が、

「人にはそれぞれ言うに言えぬ事情があるもんだ」

もっともらしいことを言った。

「そうかもしれませんね、ほんじゃ、今夜の宿直、お疲れさまです」

義助は鮟鱇鍋を作り始めた。

四

夜四つ（午後十時）を告げる時《とき》の鐘《かね》が響く中、外記は義助と共に重松家、抱屋敷へとやって来た。相州屋重吉の扮装ではない。多少の白髪は混じっているが豊かに波打つ髪を総髪に結い、黒の小袖に黒の裁着け袴、腰には長寸の大刀を落とし差しにしている。

「真中さん、大丈夫ですかね」

義助は居ても立ってもいられないようだ。

「心配ない」

確信めいた言い方を外記はしたが、外記も不安で一杯である。

抱屋敷は森閑《しんかん》とした闇の中にある。

「では、ちょいと、様子を見てきます」

義助は五合徳利と寿司《すし》を持って裏門横に連なる道場を見た。武者窓から灯りが漏れている。格子の隙間から中を覗くと長身と短軀の男がいる。

それが大和と諸田だと、すぐにはわからなかった。二人とは思えない稽古ぶりであったからだ。大和と諸田共に汗を飛び散らせながら素振りをしているのである。

表情は引き締まり、昼間のだらけた様子とは別人だ。義助は尻込みしそうになったが、武者窓に貼り付けていた顔を遠ざけ、

「大和さん、諸田さん」

明るい口調で声をかけた。

びゅんとした風を切る木刀の音が止まる。義助が格子の隙間から覗いた。

二人と目が合った。

義助は五合徳利と竹の皮に包んだ握り寿司を持ち上げて二人に示した。

たちまち二人の相好が崩れる。

「差し入れですよ」

義助は声をかけた。

「おお、すまんな」

大和が言い、諸田もうれしそうな顔で道場から出て来た。

諸田が裏門の閂《かんぬき》を外し、義助を中に招き入れた。

「台所へ回れ」

と、大和の指示で義助は台所に向かう。台所に入ったところで、

「今夜宿直って聞きましたんでね、ちょいと、飲んでもらおうって」

「うむ、遠慮なくもらおう」

大和は五合徳利を受け取った。

諸田は竹の包みを広げ、握り寿司を食べ始めた。

「昼間の盗人浪人、どうなりましたかね」

義助の問いかけに、

「まだ、土蔵の中だ」

大和が答えた。

「やはり、奉行所には突き出さないんですかね」

「明日に突き出すことになろうな」

寿司で一杯の口をもぐもぐさせながら諸田が答えた。

「盗人っていやあ、紅寅党って盗人がいたじゃござんせんか。お大名屋敷ばっかりに盗みに入るって盗人が」

さりげなく義助は話題を向けた。

「ああ……」

大和が生返事をした。

「こちらに盗みに入ったら、紅寅党は一網打尽にされたでしょうね」

義助が揉み手をすると、

「そうだな。わしと諸田で成敗してやっただろうな」

大和は誇る風でもなく、当然のことのように答えた。

「お二方の腕だったら、きっと、紅寅党なんか尻尾を巻いて逃げてしまったに違いありませんぜ」

更に義助は持ち上げた。

「そういうこと……」

消え入るような言葉尻になったと思うと大和は舟をこぎ始めた。

諸田も、

「なんだか、眠いなあ」

あくびをしながらも寿司を食べていたが、やがて寿司を口に入れたまま板敷きにひっくり返った。

「ちょいと、大和さん、諸田さん」

義助は声をかけたが、二人とも返事をしない。義助は大和の身体を揺さぶった。大和は目を覚まさない。次いで諸田を揺さぶってみる。

「もう、食えない」

諸田は寝言を言った。

義助は大和の胴着の袖を探った。土蔵の鍵を持っているはずだ。大和は持っていない。するると、諸田か。義助は諸田の袖を探る。すると、

「へへへ、ありましたよ」

声を上げそうになり、あわてて口をつぐむと南京錠の鍵を引っ張り出した。

「では、ごゆっくり、お休みください」

義助は声をかけて台所を出た。

足音を忍ばせ、裏門へ向かう。屋敷内に人気はない。

裏門から外に出た。

「お頭、この通りですよ」

心なしか自慢げに義助は鍵を見せた。

「でかした」

外記は鍵を見返した。

五

矢崎は、

「鳥居さま、こやつの口を割らせましょうか」

問いかけの意味は拷問するかということだ。

「やってみろ。死なない程度にな。しかし、吐きはしない。それよりも、こいつは菅沼外記の命令でこの屋敷を探ったに決まっておる。となると、菅沼外記は必ずここにやって来る。それを待っておればよい」

鳥居は言った。

「では、拷問なんぞ、する必要がないのではありませんか」

矢崎はいかにもめんどくさそうに返した。

「やれ」

鳥居は命じた。

鳥居らしい、敵をいたぶって喜びたいのだろうと矢崎は解釈したが、

「外記の足手まといになるように致すのじゃ」

鳥居に言われ、

「それはよいですな」

矢崎は真中に再び猿轡を噛ませた。

鳥居は表に出た。矢崎もついて来る。

土蔵の前の庭には篝火《かがりび》が焚《た》かれていた。

「何か知恵が浮かびましたか」

矢崎が問いかけると、

「菅沼外記と真中とか申す者を鍋島家の密偵《みってい》に仕立てる」

「それはよい考えだと思いますがなあ、先日、鍋島の者どもを始末したばかりですぞ」

矢崎は殊更呑気な口調で異を唱えた。

「ともかく、菅沼外記を捕らえよ。あとはわしがうまくやる」

鳥居は上機嫌になって帰っていった。


鳥居がいなくなってから、矢崎は大和と諸田を呼んだ。

大和と諸田は台所にいると萬雑説方配下の者から聞き、

「まったく、しょうのない者どもじゃ」

矢崎は言いながら台所に入ろうとすると、棒手振りが出て行った。

入れ替わるように矢崎は台所に入った。

「なんだ、おまえたち、宿直だというのに飲み食いなんぞしおって」

叱責を加えているものの間延びした口調で、叱責された大和と諸田も実に呑気な様子である。

「今、出て行った棒手振り、見かけぬ者だが」

矢崎がいぶかしむと、

「このところ、出入りするようになったんですよ。美味い魚を持ってくるようになりましたんでね」

諸田が答えた。

「そうか、なるほどな」

矢崎はほくそ笑んだ。

「怪しいですよ、わしらに眠り薬を盛りましたでなあ」

大和の言葉を受け、

「寝たふりをしてやりました。どんな魂胆か確かめてやりましょう」

諸田は太鼓腹を手で撫でさすった。

「真中といい、魚売りといい、それから、おまえたち稲太郎の接待を受けたのだったな」

「美味い料理を食わせるっていいましたんでね」

「その時、妙な三味線を聞いたと申しておったな」

矢崎の問いかけに大和と諸田は顔を見合わせ、

「ええ、ぼうっと、なってしまいましてね」

諸田が言うと、

「おまえらはいつもぼうっとしておる。わしもだがな」

すると大和が、

「なんだか、気持ちがよくなりましたな。それで、なんだかつまらぬことをべらべらとしゃべってしまったようです」

「つまらぬことをか」

思い出してみろと矢崎が言う。

「思い出せませんなあ。諸田氏はいかに」

大和に問われ、

「そういえば、わしも」

諸田も気がついたら狐につままれたような気分だったと語った。

「これは、そいつらも菅沼外記の一味かもしれんぞ」

矢崎は独りごちた。


外記と義助は抱屋敷に入った。

闇の中、そっと足音を忍ばせる。道場の武者窓から灯りが漏れている。義助が確かめると中には誰もいない。

「台所でぐっすりですよ」

義助が言うと、

「念のためだ。確かめてまいれ」

外記は命じた。

義助は台所を覗いた。

すぐに戻り、

「大丈夫ですよ。ぐっすり、おねんねしています」

義助が言うと外記はうなずき、土蔵の前に立った。

義助が錠前を外した。

「真中さん」

声をかけ、義助は駆け寄った。猿轡をかまされているため言葉を発することができず、真中は首を左右に振った。それでも、義助は駆け寄り、包丁で縄を切った。真中は猿轡を取り去り、

「罠《わな》ですぞ」

と、叫びたてた。

同時に、矢崎たちが雪崩《なだ》れ込んできた。といっても矢崎たちのことゆえ、武芸者とは思えない緩慢《かんまん》さである。

「貴殿が菅沼外記どのか」

矢崎は声をかけた。

正体が知られたことに外記は戸惑ったが、

「いかにも」

と、言った。

大和と諸田がいる。

「あんたたち」

義助が驚きの声を上げる。

「御馳走さんね」

諸田が素《す》っ頓狂《とんきよう》な声を上げた。

「あんたら、騙したな」

義助が言うと、

「それは、こっちの台詞《せりふ》だ」

大和が言い返した。

真中は立ち上がった。しかし、柱にもたれ、立っていられない状態である。

「しっかり、してくださいよ」

義助が肩を貸す。

真中はよろめきながらも立ち上がった。

外記は丹田呼吸を始めた。矢崎が、

「それが、珍妙な術ですな」

しかし、外記は答えることなく丹田に気を溜める。鼻から深く息を吸い、口からゆっくりと吐き出す。全身を血潮が駆け巡り、丹田に精気が蓄積されてゆく。

気力が溢れ返ったところで腰を落とし、

「でやあ！」

右手を広げて前方に突き出した。

冬隣の夜に陽炎が立ち上った。

矢崎たちは揺らめき彼らを包み込むように空間が歪んだ。歪んだ空間の中で矢崎たちは金縛りに遭ったように動きを止めた。

と、次の瞬間、矢崎たちは竜巻《たつまき》に巻き込まれたように激しくぶつかり合いながら土蔵の外に吹き飛んだ。

篝火が地べたでもがく彼らを浮かび上がらせた。矢崎は尻をさすりながら立ち上がると呆けた口調で言った。

「いやあ、凄いなあ。大和と諸田から聞いておったが、想像以上だ。なあ、菅沼どの、わしにもこの珍妙奇天烈な……あ、いや、類稀《たぐいまれ》なる技を伝授くださらぬか。もちろん、ただとは申さぬぞ」

抜け抜けと頼む矢崎に呆れて、

「よく、敵に頼めるものだな。それに、金をくれると申すが、千両箱を盗み出されたのだろう」

「千両箱なんぞ、盗まれても痛くはないぞ。どうだ、千両、いや、二千両出してもいいぞ。それとも、武具、骨董がよいか。なあ、申してくれ。わしはな、貴殿の技に惚れたのだ」

「誰が伝授などするものか。そうか、抜け荷で稼いでおるのか」

「まあ、そんなところだなあ」

「抜け荷とは、外国の品を肥前屋に買い取らせ、日本の各地で売り捌いておるのだな」

「悪いか」

「開き直ったか。それにしても、諫早の地は二年、三年前、ひどい嵐と大雨で領内は大きな損害を受けたはず。年貢の取りたてがままならず、御家の台所は大きく傾き、御公儀から大きな借財を負った。その上、一年前には紅寅小僧に千両を盗まれたとあっては、抜け荷品を買い入れる金などあるまい。その資金、どうやって手当てしたのだ」

「それは知らんなあ。わしは勘定方ではないゆえな。それより、技の伝授を願いたい。なあ、菅沼どの、伝授くだされ」

図々《ずうずう》しく矢崎は頼むと繰り返した。

「断る」

外記は毅然と言い放った。

「残念だなあ。それなら、おまえたちを捕まえて鳥居に引き渡さねばならぬぞ」

「捕まえられるなら捕まえてみろ」

「大言壮語《たいげんそうご》は吐くものではないと思うがなあ。考え直した方がいいぞ。あの技……ああ、そう言えば、何と申すのだ」

せめて技の名前くらいは教えてくれと矢崎はせがんだ。

「気送術、菅沼流気送術と申す」

静かに、そして誇りを胸に外記は答えた。

「ほほう……気を送る技ということだな。なるほど、気をなあ……名前を聞いたら、やはり伝授して欲しくなったではないか。よし、その、気送術を伝授してくれ。銭金が不要とあれば、貴殿が生きていることは鳥居には教えぬ。それどころか、諫早に匿ってもやるぞ。諫早はなあ、風光明媚、酒も魚も美味いぞう。長崎にも近い。長崎の卓袱料理をなあ、貴殿にも食べさせたい」

「江戸から離れるつもりはない。最早《もはや》、問答無用。行くぞ」

外記は真中に声をかけた。

真中は義助の手を振り解き、よろめきながらも引き戸に向かった。

萬雑説方が立ち塞がる。

外記は腰を落とし、再び気送術を放とうと身構えた。

「逃げろ！」

すかさず矢崎は命じた。

萬雑説方の面々は蜘蛛《くも》の子を散らすように逃げ去った。煌々と焚かれた篝火のみが外記の目に映った。ぱちぱちと薪が爆ぜる音が夜の静寂を際立たせる。

外記は用心しながら真中と義助を伴い外に出た。

「生きて出られないぞ」

篝火の届かない闇から矢崎の声が聞こえる。

「ならば、姿を見せろ。出てこなければ、このまま退散するぞ」

外記は言い返した。

「すぐには出て行けぬな。気送術にやられたくはないからなあ」

「ならば、どうする。飛び道具を使うか」

「それもいいなあ。しかし、その前に裏白波一刀流の師範として、凄腕の元公儀御庭番菅沼外記どのと勝負がしたい。こちらは飛び道具を使わぬから、貴殿も気送術を封印してくれぬか」

矢崎にしては大真面目な声音で挑んできた。

武芸者の血が騒ぐ申し出に、

「よかろう」

外記が応じると、

「かたじけない」

矢崎は返した。

萬雑説方がぞろぞろと出て来た。

素早く数えると四人である。鎧通しを手にしている者と大刀を抜いている者が二人ずつである。表白波一刀流と裏白波一刀流が混成しているということか。

外記は前に踏み出した。

大刀を手にした者二人が右側に、鎧通しを武器とした二人は左側に立った。

武器の違いはあれ、真剣勝負というのに揃ってだらしのない表情で外記との間合いを詰めてくる。迷うことなく外記は左側、鎧通しを持った二人に斬り込んだ。

二人はさっと、後ずさった。

外記は追いかける。

と、不意に鎧通しが飛んできた。

咄嗟に身を屈める。

頭上を二つの鎧通しが飛び過ぎる。

「馬鹿めが」

外記は冷笑を浮かべ二人に迫る。

すると、背後から大刀が飛来した。大刀は外記には向かわず、弧《こ》を描き丸腰となった二人の手に納まる。大刀を手に二人は猛然と斬り込んで来た。

一瞬の隙をつかれたものの、外記は冷静に二人の動きを見定め、大刀を繰り出した。

三つの白刃がぶつかり、青い火花が散る。

敵二人は縦列となった。

鎧通しを受け取った二人が彼らの後方に並ぶ。四人は一列縦隊となって外記に迫る。

先頭の敵が突きを繰り出した。

外記は下段から大刀をすり上げ敵の刃を撥ね除ける。

すると敵は最後尾に回った。

二番目の男が大上段から刃を振り下ろした。外記は後方に飛び下がる。一の太刀を外し、間髪を容れず反撃に出ようと払い斬りを浴びせた。

敵は受け止め、鍔迫り合いとなった。

「お頭！　後ろでござる」

後方から真中の甲走った声が聞こえた。

いつの間にか鎧通しを手にした二人が背後に回っていた。

「でやあ！」

鋭い気合を発するや外記は跳躍した。

空中でとんぼを切り、背後から迫った一人の後頭部を蹴り上げる。敵は悲鳴を上げて前につんのめった。

着地するや、外記は鎧通しを持ったもう一人の腕を斬った。

「ううっ」

鎧通しを持った手首が地べたに転がった。

大刀を振りかざし、二人が同時に迫って来た。

外記は一人の首筋、もう一人の肩を峰で打った。

よろよろと立ち上がった鎧通しの男にはこじりを顎に食らわせる。

休む間もなく、次の三人が鑓を手に襲いかかってきた。

三人は扇の形となって、外記と対峙《たいじ》する。

鑓の穂先が篝火を受けて不気味な煌きを放ち、外記を串刺しにせんとする気迫が伝わってくる。

と、真ん中の男が突進して来た。

外記は男をやり過ごし、やおら右の男に斬り込んだ。男の繰り出す鑓の柄を大刀で斬る
穂先が飛び真ん中の男の肩に突き刺さった。

鑓を両断された敵の鳩尾に外記は拳を叩き込んだ。敵は膝からくずおれる。

残る一人は鑓を下段に構え、外記の脛《すね》を狙ってきた。穂先が鋭く左右に動き、一瞬の気の緩みに足をすくわれる。

外記は後退しながら大刀を右手に持つと、

「食らえ！」

大音声を浴びせ、敵に向かって投げつけた。

大刀の切っ先が敵の右太腿に突き刺さった。

敵の動きが止まる。

外記は駆け寄ると、大刀を抜き手刀を首筋に打ち込んだ。敵は白目をむいて仰向けに倒れる。

「次！」

闇に向かって外記は怒鳴った。

闘争心が燃え盛り、精気が全身から溢れる。これなら、短い丹田呼吸で気送術を放つことができる。

暗がりから巨大な影が出て来た。

大和一郎太である。

大和は大刀を大上段に振りかざしていた。じりじりと外記に向かってにじり寄って来る。

その顔はにやけており、子供が玩具を見つけたようにうれしそうだ。

外記は大和の気をそらそうとした。

「おまえ、馬鹿に楽しそうだな」

返事がないと思っていたが意外にも大和は、

「わしはね、白波一刀流荒波下ろしが使えるのがうれしいのだよ」

白波一刀流荒波下ろし……真中が言っていた持田加兵衛の必殺剣。諫早湾の荒波に浮かべた小舟の上で鍛え上げて生み出される剛剣、兜ごと脳天を断ち割る恐るべき技だ。

六尺近い長身から繰り出されるにふさわしい白波一刀流の奥伝だ。

大和は外記の身体を真っ二つにできると喜んでいるのだ。

そうはさせじ、と、外記が大刀を下段に構え直した。

「そんな構えでいいのかなあ」

大和は余裕たっぷりに挑発してくる。

外記の額から汗が滴り落ちた。

「さすがの元公儀御庭番もこれでお仕舞いだなあ」

外記との間合いが詰まると大和は背筋を反らした。

「せ〜の」

神輿《みこし》でも担ぐように一声発すると大和が大刀を振り下ろした。

白刃が唸りを上げ、外記の脳天を襲ってきた。

咄嗟に外記は腰を落とし、下段から渾身の力を込めてすり上げた。白刃がぶつかりずしりとした重みと手首に痛みが走るや、外記の大刀は真っ二つに折れた。

大和は口を半開きにして、

「やるねえ。さすがは元公儀御庭番だ。鍋島家の探索方とは腕が違うなあ。うむ、うれしいよ」

外記を賞賛した。

微塵もうれしくはないどころか、武器を失った焦燥感に駆られる。

「殺すのは惜しいけど、今度こそ刀と同じように真っ二つになってもらうからね。覚悟しなさいよ」

大和は大刀を振り上げ、再び大きく仰け反った。

外記は大和を見上げる。

視線が交わるや大和のぼうっとした表情が引き締まった。

次いで、大刀が振り下ろされる。

「たあ！」

裂帛の気合と共に、外記は飛び上がった。まさしく大刀が振り下ろされた直後、空中で

外記は両手ではっしと受け止め、着地した。

「な、何だ……何だよお。こんなことって……こんなことってあるのかよお」

大和は狼狽し、大刀を激しく左右に揺さぶった。

大地に腰を落とし、外記は微動だにしない。焦りを募らせた大和の顔が真っ赤になった。

「離せよお。おい、あんた、刀を離せ！」

長身を丸め、大和は怒声を浴びせた。

懇願しながらも大和は大刀を奪い返そうと必死でもがいている。大和の腰が浮いたのを

見定め、

「そらよ！」

外記は刀を挟み込んだ両手を離し、思い切り突き飛ばした。

大和は勢い余って仰向けに倒れた。

が、大和はすぐに大刀を構え起き上がろうとした。

外記は拳を大和の咽喉に叩き込んだ。

野太い呻き声を漏らし大和の口から鮮血が溢れた。大刀が手から落ち、大和は絶命した。

さすがに息が荒くなった。どっと疲れが押し寄せる。それでも、肉体は疲弊したが気力は充実していた。

滴る汗を袖で拭ったところへ、

「大和氏、仇をとってやるぞ」

という声が響き、ぬっとした達磨のような男が近づいてきた。

「菅沼どの、重松家萬雑説方、諸田庄介でござる。友の仇、討ち果たしますぞ」

仇を討つと言いながら諸田は丸腰である。外記の前に立つと胴着を諸肌脱ぎにした。突き出た太鼓腹だが、たるんではいない。篝火を弾く諸田の上半身は岩のような頑強さをたたえていた。

「なんだ、お主、相撲で決着をつける気か」

冗談とも本気ともつかない言葉を外記は投げかけた。

「面白いことを言うねえ、菅沼外記さん。相撲じゃないよ。土俵を割ったって、容赦しないからね」

諸田はすり足で近づいてきた。体型からは想像もつかない素早い動きで外記の両腕を掴むと、背負い投げをかけた。外記は地べたに転がった。

すぐに起き上がったがまたも諸田に両腕を掴まれ、今度は巴投《ともえな》げを食らわされた。

したたかに背中を地べたに打ちつけ、激痛と共に重苦しい息を漏らす。起き上がろうとしたが身体が言うことを聞いてくれない。

諸田はにこにこと微笑みながら外記にまたがった。

次いで、

「ひと〜つ！」

夜空に届くような大声を発すると飛び上がり、落下と同時に外記の腹に尻餅をついた。

「ううっ」

息が詰まり、目の前で星が瞬いた。

「ふた〜つ！」

二発目の尻餅を諸田はついた。

声が出ない。夜空を彩る下弦《かげん》の月が歪んで見える。

「みっつ！」

容赦なく諸田は三発目の尻餅をつく。

月が消え、真っ暗になった。

「さて、あの世へ旅立ってもらおうか」

嬉々として諸田は外記の襟元を摑んで立ち上がらせた。ふらふらとしながら外記は両足を踏ん張る。

諸田は正面から外記を抱き上げた。

両腕を外記の背中で交差させ、力を込めて締め上げる。外記の両足が地べたを離れ、身体が浮いた。

熊に締められているような気になる。とても逃れる術はない。呼吸が困難となり、息が継げない。

それでも気力を振り絞り諸田の頭に両手をかけた。

が、

「駄目だよお」

更なる力で諸田に締められ、外記の両手は頭から離れた。背骨がぎしぎしと鳴り、折れそうだ。

まさかこんな単純な技でやられるとは。

外記は無念に胸を焦がされた。

外記の危機に義助が動いた。

義助は篝火の届かない闇に潜み、天秤棒で篝を打ちつけた。

篝は倒れ、諸田に火の粉が降りかかった。

「あっ、あちち！」

火の粉は諸田の背中、着物を燃やした。外記の背中から諸田の腕が離れる。

息ができた。

外記は深呼吸をし、地べたに転がる松明《たいまつ》を取り、諸田の顔面を殴りつけた。諸田は絶叫して地べたを転げ回った。

「義助、でかした」

背中をさすりながら外記は息を整えた。

「お見事ですな。さすがは、元公儀御庭番です。わが萬雑説方を倒すとは。まさしく凄腕ですな。これで、益々、貴殿の命を奪うこと、惜しくなりましたなあ。わしを困らせんでくださいなあ」

矢崎は闇から姿を現した。

「何処までも惚けた御仁だ。問答無用ではござらぬのか」

油断なく矢崎の動きを見ながら外記は返した。

「貴殿とはまだまだ問答したいなあ。貴殿が水野さまから命を狙われたわけがわかったよ。こんな凄腕なら、生かしておくのは怖くなるものなあ。で、水野さまや鳥居さまに意趣返《いしゅがえ》しをしようって気になって、お二方のやることを潰しにかかっているのですかな。いや、それはわかるが、どうして、当家を探る気になったのだ。当家に恨みはないだろう。不思議な御仁だなあ」

配下が倒されたというのに、矢崎は茶飲み話のような調子で問いかける。刃を交え命のやり取りをした緊張が萎えてゆく。張り詰め、蓄積された気が抜けてゆくようだ。

「持田加兵衛どのと松本左衛門どのの死の真相を明らかにしたいがためだ」

外記は返した。

「ふ〜ん、物好きなことですなあ。ならば、真中氏、満更嘘を吐いていたというわけではないのですな」

矢崎は顎を掻いた。

誘い込まれるように、

「今度は貴殿に聞きたい」

外記も問いかけた。

「どうぞ、何なりと」

「持田どのが松本どのを騙し討ちにしたのは嘘だな」

「真中氏には話したのだが、松本どのは真剣が握れなくなったのだよ。そんな有様では、とても萬雑説方頭取の役目を果たせない。それに気づいた持田どのは松本どのに隠居を迫った。ところが松本どのは拒《こば》んだ。持田どのは松本どのと話し合いの場を設けるべく、抱屋敷の宿直をした。二人が道場におる時、紅寅党が盗みに入った。松本どのは盗人に臆し、盗みを許してしまった。そればかりか、そのことが表沙汰になることを嫌い、持田どのに背後から木刀で襲いかかった。持田どのは避けるや咄嗟に木刀を振り下ろした。結果、松本どのは後頭部を砕かれ絶命した、という次第ですなあ。まこと、情けない醜聞《しゅうぶん》であったのでござるよ」

「なるほど……それで、持田どのを貴殿が殺したのはいかなるわけだ」

「それも真中氏には打ち明けたのだがなあ、金を強請られたからですぞ」

矢崎は困った顔をしながら、紅寅小僧捕縛をきっかけに萬雑説方頭取たる松本左衛門の不祥事《ふしょうじ》を明るみに出さないことと引き換えに持田から百両を要求されたと語った。

「当家としましても、わしとしましても、大変に残念なことになりました」

すると真中が、

「持田どのが金を強請るなどするはずがござらん」

と、叫び立てた。

「わたしも同じ考えだ」

外記は矢崎を見返した。

「疑り深い方々だなあ。家中では馬鹿正直で通っておるわしですぞ。嘘なんぞ、吐けるはずはござらぬ。正直だけが取り柄の男なんですからなあ」

「自分は正直者だと申す者が、正直であったためしはない」

「外記どの……これは、きついことを申される」

「真実を知りたい。海辺新田に打ち捨てられた二十もの亡骸……あれは鍋島家中の者たち。この抱屋敷に忍び入って、そなたらに殺されたのだな。亡骸の一つ、脳天から股まで両断されていたそうだ。まさしく、大和氏の仕業。白波一刀流荒波下ろしだな」

「当家に忍び入った賊を始末したまでですよ。そのことは南町奉行、鳥居甲斐守どのもお認めくださりましたぞ」

「では訊く。何故鍋島家はこの抱屋敷に忍び入ったのでござるか」

「当家の抜け荷を調べたのかもしれませんなあ」

矢崎はそっぽを向いた。

「なるほど」

受け入れるような素振りを示した直後、外記は踵を返し、土蔵に取って返した。

矢崎の目元が引き攣った。

普段の呑気さは影を潜めた。

外記は土蔵に入ると、ずらり並んだ長持の蓋を開けていった。千両箱、骨董、武具、そして黄金の拵えを施した太刀がある。黒漆の鞘には金泥で五七桐の家紋が描かれている。

外記は太刀を手に矢崎の前に戻った。

「五七桐の家紋、太閤秀吉が使っておったな。鍋島家には太閤秀吉下賜の太刀が家宝として伝わっていたが、紅寅党に盗み出されたとか。しかし、紅寅小僧は北町奉行所の取り調べで太刀など盗んでいないと証言していたそうだ。矢崎氏、この太刀以外にも長持の中にある千両箱や骨董品など、失礼ながら重松家中の財宝とは思えませぬ。盗難の被害を受けた大名屋敷の中には紅寅党の仕業とは考えられないものもあるとか。紅寅党に便乗して盗みを働いていたのであろう。嵐と豪雨によって傾いた台所を補うべく抜け荷を行う。その際、買い付けの資金を得ようと盗みに出たのですな」

外記の言葉を受け、

「さすがは菅沼どの、よくぞ見破られましたなあ」

悪びれもせず矢崎は認めた。

「松本どのは真剣を握ることができなくなったのではなく、萬雑説方が盗みを働く挙に出ようとしたのに持田どのが反対したのではござらんか。そんな最中、偶々、紅寅党に盗みに入られてしまった。松本どのと持田どのは対立し、あの悲劇を生んだということでござりましょう」

外記が語り終えると、

「まさしくその通り。いやあ、実に大したものですなあ。いやいや、大したものだ。ついでに申しておくと、鍋島家から太閤秀吉の太刀を盗んでやったのは、遠き昔の意趣返しの思いもあった。どうせ、盗むなら鍋島と龍造寺、因縁の太刀を奪ってやろうと考えました」

外記を賞賛しながら矢崎は近づいてくる。手には鎧通しを握っていた。実に緩慢な動きであった。

用心しながら外記は後ずさる。

すると、

「矢崎さま、わしに任せるたい。みなさんが、やられたのを見過ごしにできんとよ」

九右衛門がやって来た。番所の奉公人が義助に倒された篝火を用意した。

九右衛門の手には短筒《たんづつ》が握られている。

「九右衛門、飛び道具は使わない約束なんだぞ」

矢崎は困った奴だと呆けた顔で非難したものの、

「まあ、おまえは萬雑説方ではない、武士でもないから、構わぬか。菅沼どのも気送術を使いなされ」

まるで他人事のように矢崎は言い放った。

外記は丹田呼吸を始めた。

しかし、血が駆け巡らない。精気が丹田に集まってこない。

萬雑説方との戦いで疲労し切っているためか。いや、闘争心は失っていないはずだ。

「おや、気送術、お使いにならないのですか……いや、使えないのでござろう。丹田に気が溜まらなければ気送術は使えまい」

矢崎は哄笑を放った。

そうか……。

回りくどい話し振り、脱線気味ののらりくらりとしたやり取り、全ては外記の気力をくじくためだったのだ。気送術に必要な精気は闘争心によって育てられる。闘争心が奪われれば、気は蓄積されない。

「九右衛門、撃て！」

矢崎は命じた。

九右衛門は筒先を外記に向けた。

義助も動けない。

真中はよろけながらも外記の側にやって来ようとした。

「離れておれ」

厳しい声音で命じると、外記は九右衛門に向き直った。

九右衛門の指が引き金にかかった。

外記は右足を高く上げた。

土砂が九右衛門の顔面を直撃する。九右衛門は顔をそむけ弾丸が発射された。

すかさず外記は駆け寄り、九右衛門の鳩尾に拳を沈めた。続いて太刀を真中に投げる。よろけながらも真中は受け止めた。

「矢崎を倒せ」

外記の命を受け、真中は太刀を抜いた。

さすがは太閤秀吉所縁《ゆかり》の太刀、匂い立つような刃紋である。それだけに、太刀を構える真中の憔悴《しょうすい》ぶりは際立っていた。

「お頭、無茶ですよ。真中さん、立っていられないじゃござんせんか」

義助の訴えを外記は聞き流し、

「矢崎を斬れ」

無情とも思える命令を重ねた。

真中はふらふらしながらも矢崎に斬りかかった。矢崎はひょいと避けようとしたが、避けた先に真中の太刀が襲ってきた。

かろうじて矢崎は鎧通しで受け止める。

「真中さん、頑張れ！」

せめてもの手助けとばかりに義助は声援を送った。

義助の声援に押されるように真中は二の太刀を浴びせる。今度も矢崎は避け切れず鎧通しで受け止めた。

と、真中はよろめいた。

そこへ矢崎は鎧通しを向けた。命のやり取りをしているとは思えない緩慢な動きである。

今度は真中がしっかりと太刀で受け止めた。

矢崎と真中の動き、太刀筋がぴったりと合っている。

すると、矢崎の表情が恐怖に染まった。

「今だ！」

外記は怒鳴った。

真中は払い斬りを放った。

血飛沫が舞い上がる。

「やられましたなあ」

呆けた声音を発し、矢崎は仰向けに倒れた。下弦の月に照らされた矢崎の顔は口を半開きにし、うつろな目を見開いていた。

ごそごそと半身を起こすとあぐらをかいた。深手ではないようだ。おもむろに矢崎は胸元を探り、両断された板切れを取り出し、地べたに放り投げた。

真中は身構える。

「もう、刃を交える気はないぞ」

矢崎は外記と真中を見上げた。

何か話したそうだ。外記は黙って話すよう促した。

「我ら白波一刀流……あんた方は持田加兵衛が表白波、わしらが裏白波と思っておられるだろう」

真中が応じようとしたのを矢崎は制して話を続けた。

「ところがわしらこそが表白波だと自負しておるのだよ。わしらの先祖は龍造寺家の忍び、役目は雑説収集、暗殺、後方攪乱そして盗みだった。それゆえ、白波一刀流の名がついた」

ここで矢崎は言葉を止めた。

真中が、

「盗みを働くことで何故白波と……」

矢崎は答える代わりに外記に視線を向ける。外記はうなずき、

「黄巾賊《こうきんぞく》であるな」

「ご名答ですな」

矢崎はうれしそうに認めた。

黄巾賊とは古代中国、後漢《ごかん》末に道教《どうきょう》集団、太平道《たいへいどう》の教祖張角《ちょうかく》が組織した反乱集団である。彼らは目印として黄色い頭巾を頭に巻いたことから黄巾賊と呼ばれた。反乱は鎮圧されたが、残党が西河《せいが》の白波谷《はくはこく》に籠もり、盗賊と化したことから盗人を白波《しらなみ》と呼ぶようになった。

「なるほど盗みは白波一刀流の本道か……」

外記が言うと、

「それを持田は認めなかった。白波一刀流の本道はあくまで剣の道を究めるにあると申しておった。御家の台所が傾く危機にもかかわらず、剣の道などと温《ぬる》いことを申しておった。今こそ白波一刀流の本道で御家を救うべき時なのにな。我ら白波一刀流の宿命を受け入れる覚悟が持田にはなかったのじゃ」

とんま面はなりを潜め、矢崎の表情は強張っている。

真中は矢崎に向き直った。

「あなたは間違っています。なるほど、白波一刀流は盗みを役目として誕生したのかもしれません。しかし、それは戦国の世のこと。泰平にあって盗みは許されるものではありません。泰平の世にふさわしい剣を究めることこそが正しい道とわたしは思います」

拳を握り締め、熱っぽく語った真中を矢崎は見ていたがやがて満面に笑みをたたえ、

「真中氏、二度も手合わせができ、うれしかったですぞ」

静かに語り、矢崎は脇差を抜いた。

「知己を得たのも何かの縁、いや、剣の道を究めんとした持田加兵衛どのの縁、武士の情け、介錯《かいしやく》をお願いしたい。盗賊が武士らしい最期を飾るのはご不快かもしれませぬが、

お頼み申す」

真中は軽くうなずくと矢崎の後ろに立った。

矢崎は正座し、胸をはだけると、

「さらばでござる」

腹を真一文字に切り裂いた。

「御免!」

真中は太刀を振り下ろした。

地べたに矢崎の首が転がる。その顔は両目と口が固く閉じられ、己の宿命に殉《じゅん》じたかのような覚悟が表れていた。

六

霜月《しもつき》となり、真中は持田加兵衛の家を訪れた。

矢崎兵部の悪事は露見《ろけん》し、読売は連日書き立てている。肥前屋九右衛門は打ち首、重松石見守は隠居させられたものの盗みと抜け荷はあくまで矢崎と九右衛門が行ったこととされた。読売屋魂が蘇ったのか豊年屋稲太郎はトカゲの尻尾切りだと幕府と諫早藩の馴れ合いを非難する記事を書いている。

　また、自分が書いてきた松本左内仇討ち快挙の記事の出鱈目《でたらめ》ぶりを謝罪し、持田加兵衛を武士道を貫いたあっぱれな武士だと持ち上げている。

　真中を志乃と圭吾が迎えてくれた。

「お父上の汚名がそそげ、本当によかったですね」

　真中の言葉に志乃と圭吾は笑みを広げた。

「矢崎たちの悪事を暴いたのは謎の浪人だと読売が書いていますが、真中さんじゃないのですか」

　圭吾に問われ、

「いいえ、わたしは何もしておりません」

　否定する真中に、

「真中さんとご隠居さんじゃないのですか。きっと、そうですよ」

　問い詰める圭吾を志乃はやめなさいとたしなめた。次いで、真中に向き、

「諫早に帰ることになりました」

「圭吾どの、帰参が叶ったのですね」

　真中に視線を向けられ、

「お陰さまで」

圭吾は深々と頭を下げた。

「ですから、わたしは何もしておりません」

真中はかぶりを振り、松本左内について訊いた。志乃の頬がほんのりと赤く染まった。

それを見ながら圭吾が言った。

「左内さんは帰参せず、学者の道を歩むそうです。長崎で学び、姉上を妻に……」

「それは何よりですね。志乃どの、おめでとうございます。本当によかった。泉下の持田どのもさぞや喜んでおられるでしょう。まことにめでたい」

心の底から真中は志乃と左内の門出を祝った。

灯り取りの窓の向こうに冬晴れの青空が広がっている。チャッチャッという舌打ちするような冬鶯《ふゆうぐいす》の笹鳴《ささな》きが聞こえた。

光文社文庫

文庫書下ろし／長編時代小説
偽《にせ》の仇《あだ》討《うち》　闇《やみ》御《お》庭《にわ》番《ばん》㈥
著　者　早《はや》見《み》　俊《しゅん》

2020年5月20日　初版1刷発行

発行者　鈴　木　広　和
印　刷　新　藤　慶　昌　堂
製　本　榎　本　製　本

発行所　株式会社　光　文　社
〒112-8011　東京都文京区音羽1-16-6
電話（03）5395-8149　編　集　部
8116　書籍販売部
8125　業　務　部

落丁本・乱丁本は業務部にご連絡くだされば、お取替えいたします。
ISBN978-4-334-79013-4　Printed in Japan

組版　萩原印刷